常磐の木

金子文子と朴烈の愛

キム・ビョラ 著
後藤 守彦 訳

同時代社

常磐の木　金子文子と朴烈の愛／目　次

未熟な告白　5
どこにもいない子ども　20
つらい愛　34
虐待　46
傷ついた悲しい民族　64
空の下最も重いもの　74
不逞鮮人　86
ある暗い夜の野良犬のように　96
俺は犬ころだ　108
不穏な巣　121
虚無が虚無に　134

ただ反逆するということ　146
足元の亀裂　158
地震　169
指先がかすめるほどの距離　177
最後の口づけ　188
裁判　200
恩赦そして陰謀　211
名もなき小草　221
十九回目の夏が過ぎて　234

作者のことば　240
訳者のあとがき　242
主要参考文献　244

未熟な告白

彼を待つ冬が過ぎ去った。例年になく雨が多かった、一九二二年の冬。ずっと続いた大雪で電車が止まり、学校が門を閉めた。人通りが絶えがらんとして空いた街は、話としてだけ聞いたことがある、荒涼とした東北地方を連想させた。荒波が押し寄せる黒い海、轟音の中の寂寥。鼻濁音でまりながらゆっくりと話す、そこに住む人びとの愛情表現の、独特なスタイルが理解できた。孤独な人たちは心の内をさらけ出そうとする。迷惑だと感じさせるほど激烈に、身と心を捧げることを誓うのだ。

湯気でくもった格子窓を着物の袖でこすって通りを眺めた。釘を打った、かかとの高い下駄を履いた人たちが、凍り付いた道をぶらぶらと歩く姿は、活動写真のようにぎこちなかった。軒先に雪解け水がぽたぽたとしたたり落ちていた。すっかり冬になっているのに、彼はまだ来ない。忘年会に出席した客の一人のロマンチストが買って来てくれた千両の花が、花瓶の中で黄色く萎んでいった。

「ここ、泡なしのビール一杯！」

背後から聞こえて来た客の注文に、文子はうたた寝から覚めたように驚いて振り返った。

「どうしてそんなに驚くのだい？　何を熱心に考えていたんだ？」

慌てて客の世話をした文子を見て、店の主人の岩崎が言った。

「すいません。二度と気を緩めませんから」

小言を言われても、文子は気落ちせず気さくに謝った。それで、さらに言おうとしていた岩崎は、薄笑いを浮かべるしかなかった。

「ともかく、文子さんのように陽気な女性は、日本中くまなく探しても見つけるのが難しいだろう。われわれの店は、文子さん一人のおかげで明るくなるよ」

ぐらぐらと沸騰した昆布汁にコンニャクと油揚げを投げ入れた料理長が、からからと笑いながら口を挟む。有楽町数寄屋橋の交差点の片隅に構えた小さなおでん屋が、人びとの愉快な笑い声で溢れた。不意に客たちの視線を一身に浴びた文子は、赤くなった顔を両手で隠すかわりに、なんでもなさそうに頭を下げた。失敗しても恥じずに平気でいられる気性だが、ほろ苦い自責の念は生じる。

——自分で考えても、最近は正気でない。言行不一致のほら吹きたちを嘲笑し軽蔑するくせに……。

泡を作らないよう注意してビールを注ぐ文子の指先が微かに震えた。

「いらっしゃいませ」

戸が開き、外気とともに客が店に入る度に、文子の首がさっと回った。しかし、新しい客が待ち人でないとわかると、首はひとりでに重く下がって行く。冷たい風が胸骨を深くえぐるように吹き抜けた。彼はまだ来ない。彼が来ないし、冬も終わらない。

　鄭又影（チョンウヨン）をせかして、彼に店に来るよう伝えてもらってからも、ひと月が過ぎた。その時、ずっと訪ねて来るよう願っている文子の、熱に浮かされた顔を見て、鄭は首をしきりにかしげて言った。

「彼はいつもふらふらしているから、丁度いいように彼と会うのは難しいよ」

「いいんです。私の店に来てくれればいいんです。あなたがそう伝えてくれさえすればいいんです」

　数日後、鄭はある会合で彼と会い、文子の言葉をはっきりと伝えたが、彼は「そうですか」と一言答えただけだった。「そうですか」という一言にすがる一日が過ぎ二日が過ぎた。

「求めたるところを求めよ！」

　旅に生きた俳人芭蕉の俳句が文子のお守りになった。店の入り口で、うんざりした表情で肩に積もった雪をはたき落とす客たちを眺めるたびに、芭蕉がさまよい歩いた『奥の細道』を思った。氷柱がにょきにょきと垂れ下がった、東北の寒村を思い、始終彼を思った。

　ただ一度の短い出会いだった。その日の夜は身震いするほど寒かった。かちかちに凍った通りを駆け足で走り、予告なしで鄭の下宿を訪ねて行った。その頃の文子の心は、凍結した通りを走るよりもっと危うかった。力不足ながら何とかやってきた苦学生生活さえ意味を失い、英会話授業を簡単にやめ、無計画で気ままに過ごすようになっていた。

　部屋は薄暗かった。鄭ともう一人の見知らぬ男が火鉢を囲んでいる。低い声で話し合っている最中に突然入って来た文子を、二人は気が進まない様子で見た。一瞬の一瞥。文子は彼が誰かわからず、それは彼も同じだったが、文子は見知らぬ男から、鋭くも奇妙な印象を受けた。彼は張り詰めた緊張感に包まれていた。が、それは外部から来るものではなく、彼の内面から噴き出たようだった。彼は襖が開くやいなや反射的に首を回し、すぐにぴたっと口をつぐみ、火鉢に視線を移した。煤を出しながら燃える炭を穴が開くほど見つめる彼の目は、赤く燃え上がっていた。

「せんだって、中華青年会館で開かれたロシア飢餓救済音楽会で、あなたが舞台の脇に立っているのを見た気がするんですが……、そうでしょう？」

鄭と一言挨拶を交わした後、文子は面識のない男に声をかけた。

「ううん……僕のことですか？」

会うやいなや気安く声をかけてくる女の行動にうろたえたのだろうか、彼はすぐにも腰を上げる勢いで言った。

「いえ、あなたが出て行く必要はありません。話を続けてください。私は特に用事があって来たわけではありませんから」

文子が慌てて引き留めると、彼は立ったまま無言で文子をしばらく見おろした。濃い眉の下に掛けた、黒い四角の眼鏡越しに、冷たい眼光がしきりにきらめくのが見えた。彼は冷徹で毅然としていた。文子は思わずぶるぶると身を震わせる。彼の強い存在感のせいで軽はずみな口はきけなかった。彼はひょいと離れた。別れの挨拶は耳に入らない。彼を追って走っていった鄭が戻るのを待つ間、文子は複雑な感情にとらわれ、落ち着かなかった。恥ずかしさと罪悪感が一度に溢れ出た。彼は多分一晩泊まるところを求めて来たのに、招かざる客の登場で慌てて出て行ったようだった。

「鄭さん、あの人、何ていうの？」

「ああ、あの人？　いつかあなたが大変感心した詩の作者朴烈（パクヨル）ですよ」

「えっ、あの人が朴烈なの？」

体の芯が熱くなり、あっという間に、顔が赤くなった。燃え上がるような運命が差し迫っている、と前触れなしに予感した。

見知らぬ男はあまり背の高くない、痩せぎすな体をしていた。真っ黒なふさふさした髪を肩の辺りまで伸ばし、青い職工服の上に茶色のオーバーを羽織っていた。文子は、オーバーのボタンが千切れかかって危うく落ちそうになっているのに気づいた。袖は肘まで破れており、ズボンの膝はすり減って穴があいている。教養がある男、頭が良い男、あるいは教養や頭の良さを見せつけたい男たちは、誰もかれもが西洋の帽子をかぶり、真夏でもきれいにアイロンをかけた、真っ白なシャツを着ていた時代だった。それは「民衆の友」であると主張する「主義者」たちも例外ではない。文子は岩崎おでん屋で従業員として働く間、そのようなみすぼらしい身なりの人間を見たことはなかった。

しかし、みすぼらしくても彼は堂々としていた。刺すように鋭く光る目の輝きに、気後れや羞恥心を見ることはできなかった。古びたオーバーと穴があいたズボンにもかかわらず、いや古びたオーバーと穴があいたズボンのせいで、文子は彼により強く惹かれた。

「人間の価値は実に人間自身であって、それより多くも少なくもない」というカントの言葉が、口の中で繰り返された。文子は理解する前に感じた。頭ではなく心が叫んだ。

——彼こそ私が探していた人だ！　私が求めているもの、それが間違いなく彼の中にある……。彼と会わなければならない。それが私のすべきことだ！

しかし、積もった雪が気づかぬうちに少しずつ溶けていっても、依然として彼は来ない。ただ「そうですか」と答えるだけで別に興味をしめしたように見えなかった、という鄭の伝言が、針のように文子の心をちくちく刺す。よくお茶をこぼし、手からコップを落とした。活発で気が利く従業員とほめられても、つまらなかった。約束したのだからいつかは現れる、と思った。それでも、期待しては失望する日々が続き、文子はだんだん落ち込んでいった。

——ひょっとすると、彼は私のようにしつこく求めたりする人物ではないかもしれない。

彼が来ないことがまるで自分の無価値を証明するようで、文子は苦悶した。また見捨てられたのではないか、と思い気持ちが荒れた。その上自分は何であるのかを探そうという覚悟もなくしてしまい、初代のようにタイピストにでもなって職業を持とう、と決意した。専門的な職業を持ち生きて行くのは、そんなに悪い人生ではない。だが、悪い人生ではなく案外輝かしい人生かもしれないが、それは文子が真に願うものではなかった。真実には模造品や代替物があるはずはない。

いつの間にか三月になり、雛祭りの季節がやって来た。着飾った人形と桃の花の祭りで、それぞれの家ではお金をぼんぼん使った。自他ともに認める社会主義者の岩崎さえも、内裏様と盛装する臣下たちの人形を買い込んだ。

「元来は女の子の幸せを願って祖父母が買うものだが、娘のあさ子にはいないので、親が代わりを務めなきゃならない。雛祭りが終わる前にちゃんと片付けないと婚期が遅れるという話を聞いているので。ああ、あいつがどんなに熱心に壇を飾って餅と甘酒でもてなすことか。まだ遠い遠い先のことだが、父として寂しい思いがする時が来るだろうよ」

客たちとビールを飲みながら岩崎が喋るのを聞いて、文子は眉をひそめた。江戸時代から伝わる風習と軽くいうが、いずれにせよ自分たちがあれほど排撃する体制と格式を認めるわけだ。思想よりは父性愛が優先するというのか？　彼らが願う「女の子の幸福」を横目で見やりながら、文子は吐き気を催した。妬みか？　幸福……。その言葉には全く縁がなかった。燦然と輝く人形のような幸せを一度も感じたことはない。

彼が来なかったら、ついに春が訪れなかったはずだ。雛祭りの騒ぎがおさまった二、三日後、朴烈が突然店に姿を現した。文子が鄭に伝言を頼んでから、まるひと月経っていた。

「とうとう来てくださったのね」

彼を見た瞬間目まいがした。様々な思いで一杯になっていた胸のうちが、白紙のようにすっかり空っぽになってしまった。文子は自分を落ち着かせるために、静かに独り言を言い続けた。店には既に二組の客がいた。文子は彼らの相手をすることをやめて、朴烈を奥のテーブルのところへ連れて行った。

「丁度いい時に来てくれました。少しゆっくりしていてくださいな。私も出ますから」

文子は素早くご飯をよそい、煮込み豆腐と沢庵漬けを持って行った。夕食としては少し遅い時間だったが、彼がまだ食事をとっていないのは明らかだった。箸を並べる、文子の手は少し震えていた。朴烈は終始無言だった。彼はただ黙々と食べていた。全く話すつもりがないように、何も考えていないように、ゆっくりと箸を動かしている。

それから学校に行く時間になるまで、文子は自分が何をしたか覚えていなかった。彼が同じ空間にいることから緊張してしまい、普段よりもっと失敗したようだ。もともとせっかちな気性でもあり、彼を待たせてしまったと思ってかなり焦ってしまった。文子は朴烈に「先に出てください」と言って、急いで二階に上がり、持ち物をまとめた。両腕に抱え込んだ学生鞄の下で、胸がどきどきしている。彼らは電車が走っている大通りまで並んで歩いて行った。何気なく肩がぶつかり袖がふれるたびに、文子は感電したように驚き身をすくませた。今までただ一度も経験したことがない電流だった。薄暗い胸の底で、得体の知れない炎がちらちらと明滅した。

ところが、電車通りまで出ると、その時までずっと沈黙していた朴烈が、ふと立ち止まって言った。

「あなたは神田へ行くんですね。僕は京橋に用事がありますから、これで失礼します」

彼は言葉と行動を同時に行う人間だ。返事を待たずに、すたすたと歩き出した。

「ちょっと待ってください！」

慌てて彼に追いすがって叫んだ。

まだ草履では冷たく感じられる花嵐が吹き、着物の襟から入り込む。もじもじしている暇はなかった。再び彼を失う前に、彼が行ってしまう前に、彼を引き留めつかんでおかなければならない。

朴烈が歩みを止め振り返った。

「明日夕方、学校の前で会えますか？　あなたに是非言いたいことがあるの！」

切実な思いがこもった文子の目を、朴烈がしばらく黙って見ていた。初めて会った時のように無表情で眼光が強かったが、好奇心と憐憫のようなものがよぎったようだった。

「学校ってどこですか？」

「神田の正則英語学校」

「ええ行きましょう」

次の日、文子が店の仕事を終え息せききって駆け付けると、朴烈は約束通り学校の前で待っていた。文子は、葉が落ちた木の下で夕日を受けて立つ、彼の赤いシルエットを眩しそうに見る。

「ありがとう、だいぶ待って？」

「いいや、たった今来たばかりです」

「そうですか、ありがとう。少し歩きましょう」

どこに行くか決めていなかったが、彼らは自然と人通りが少ないところを選んで歩いた。朴烈は依然として沈黙を守っている。会ってから一言もなく、文子が先に口を開くのを待っていた。鄭から金子文子という日本人女性が朴烈と会いたがっているという話を伝えられた時、朴烈は理由がわからず当惑した。鄭の下宿で偶然会った時は、鄭と関係がある女性とばかり思って、慌てて席を外した。昨日有楽町駅で別れた時も、このような出会いを予想できなかった。店で働いている時の彼女は、とても気さくでこだわりがなく明るく見えた。ところが、実際に再び会ってからの彼女は、全く別の様子に見えた。血の気のない蒼白な顔をして危うく見えた。塵で作った家のように、その場所にぺたんと崩れ落ちるようだった。そこで朴烈は思わず再会を約束してしまったのだ。

「ここにしましょう」

通りのガス灯が一つずつ点っていった。古本屋が立ち並ぶ神保町に着き、文子は中華料理店を見つけた。文子が先に立ち、朴烈が後を追う。三階の小さな部屋に落ち着いた。ボーイが茶を運んで来た。何か見つくろって二、三品持って来てほしい、と文子がボーイに言いつけた。ボーイが出て行くと、文子は茶碗の蓋を取って見ながら言った。

「ねえ、このお茶の飲み方、あなた知ってて？　蓋を取って飲めばお茶殻が口の中に入ってきそうだし、蓋をしたまま飲むのも変だし、何だか妙ね」

少し寒いね、あるいは少し暑いね、で会話を始める、普通の日本人とはかなり違っている。彼女は礼儀をわきまえて、同心円を描くようにぐるぐると遠回りして話すのを、あまり好まないようだった。

「どうするんですかね。僕はこんな立派なところへ入ったことがないのでわかりませんが」

朴烈はわざとぶっきらぼうに答えて茶碗の蓋を取った。

「しかし、飲むものだから要するに飲めばいいのでしょう。何か規則でもあるというのですか」

そう言って、朴烈は蓋を少し斜めにしてその隙間から飲んだ。堂々として自然だった。東京のど真ん中でぼろをまとって行き来しながら、そのように豪気に振舞えるのだ。他人が必死に守ろうとする礼節や規則のようなものを、あっさり無視し自分のやり方で茶を飲む朴烈を見つめながら、文子は心の中で改めて感嘆した。

「ああ、なるほどそうすればいいですね。きっとそんなことでしょう」

　文子は彼のまねをして、蓋を斜めに傾け茶を飲む。茶は渋くて苦かった。いい味ではなかったが、彼らは甘露酒を飲むように慎ましく茶を飲み干した。形式を壊すことほど甘美なことはない。やがてボーイが油で揚げ、ソースをかけた料理を何回か持って来た。文子は緊張しているせいか、あまり食が進まなかった。しかし、朴烈は今日もずっと食事を抜いていたかのように、がつがつ食べた。お互いをあまり知らない男女が向かい合って食事をともにすることは、やはり具合が悪いものだ。とうとう文子は箸を止め口を開いた。

「ところで、私があなたとお付き合いしたい、と願ったわけは、多分鄭さんから聞いていると思いますが」

「ええ、ちょっと聞きました」

　皿に鼻を寄せていた朴烈が、首をさっと上げ文子を見た。二人の瞳はそこでかち合った。見抜くような険しく鋭い眼光。文子はどぎまぎする。うっとりとした快感とすっきりした気分のようなものが、不思議な感じで文子の心を支配した。照れくさくてきまり悪くもあったが、ここでやめることはできない。

「で、ですね、単刀直入に言いますが、あなたにはもう奥さんがおありですか？　またなくても誰か……、そう恋人とでもいったような人がおありでしょうか？　もしおありでしたら、私はあなたに同志としてでも交際して頂きたいんですが……。どうでしょう」

　文子はつかえつかえ話した。それははっきりとしたこだわりだった。一人の女が一人の男に愛を切に求めていた。何と下手な求愛であったろう。けれども、その時の文子は極めて真面目に真剣に言ったのだ。ようやく話し終えた文子の顔は、火鉢の火を浴びたように火照った。文子の真摯さに、朴烈は薄ら笑いなど浮かべることはできなかった。

「僕はひとり者です」

「そうですか……。では私、お伺いしたいことがあるんですが、お互いに心の中をそっくりそのまま率直に話せるようにしてください」

「もちろんです」

「そこで……私、日本人です。しかし、朝鮮人に対して別に偏見なんか持っていないつもりですが、それでもあなたは私に反感をお持ちでしょうか」

朝鮮人が日本人に対して持つ感情を、文子は知り尽くしているつもりだった。彼らの怒りと憎しみを、他の日本人のように嘲笑い無視することはなかった。何よりも先ず、朴烈に確認したかった。朝鮮人として、自分をどう思うか、心の壁を壊そうとしている自分を受け入れてくれるかを。

「いや、僕が反感を持っているのは日本の支配階級です。一般民衆ではありません。ことにあなたのように何ら偏見を持たない人に対しては、むしろ親しみさえ感じます」

「そうですか。ありがとう」

不安を感じながら質問をし続けた文子は、ようやく安堵のため息をついた。熱気で頬が赤くなっている。朴烈は早春の弱々しげな梅の花の香を嗅いだ気がした。文子は行きがかり上、心に抱いた思いをすべて吐露するつもりで、朴烈に近寄って座り言った。

「もう一つ伺いたいのですが、あなたは民族運動家ですか？　知っていらっしゃるかもしれませんが、私は七年間朝鮮で暮らしたので、民族運動をやっている人たちの気持ちはどうやらわかるような気がします。しかし、私は朝鮮人でありません。だから、朝鮮人のように日本に圧迫されたことがないので、そうした人たちと一緒に朝鮮の独立運動をする気にはなれないのです。ですから、あなたがもし独立運動家でしたら、残念ですが、私はあなたと一緒になれないんです」

「朝鮮の民族運動家には同情すべき点があります。僕もかつては民族運動に加わろうとしてことがあります。けれど、今はそうでありません」

「では、あなたは民族運動に反対されるんですか」

「いいえ決して。例えば、下関に行く車と大阪に行く車があったとしたら、大阪までは同じ車で行かなければならないでしょう。僕には僕の思想があります。仕事があります」

彼だけのやり方、彼だけの思想、彼だけの仕事……。文子は民族の壁を超える、朴烈の言葉にすっかり興奮してしまった。それに較べて、朴烈は突然起こった一連の事態に面食らっているようだったが、軽々しく反応しなかった。自己抑制が強く沈着なのは、彼の天性だった。彼らは冷めた料理を見渡しながら会話を続けていく。最近読んだ本や学校生活について、とりとめもなく話し合った。対話を重ねれば重ねるほど、文子はだんだん朴烈に惹かれていった。少し言葉を交わすだけでも、彼の内部にある熱くて強い力が感じられた。そして、とうとう熱く抱き続けて来た望みをありのままに打ち明けた。

「私はあなたの内に、私の求めているものを見出しました。あなたと一緒に仕事ができたらと思います」

鄭の下宿で朴烈の詩を偶然読んだ時の衝撃と興奮が、また鮮やかによみがえった。世間では取るに足らない存在だが、空と月に向かって吠える、俺は犬ころだ！　俺は犬ころだ！

しかし、文子の熱烈な告白に対する朴烈の答えは冷ややかだった。

「それは駄目です」

朴烈は口を歪め、寂しく笑った。

「僕はつまらんものです。僕はただ死にきれずに生きているようなものです」

朴烈は深く低く息を吐くように話した。せっかちな熱情と覚束ない希望を信じない彼は、他人と結ばれないことが宿命だとする虚無主義者だった。

「いいえ、私はあなたの言葉が不信と冷笑からくるものとは思っていません！」

いつもは失望し顔をしかめて泣いたであろう文子が、大胆に返事をすると、朴烈は虚を突かれたように、きょとんとして彼女を見た。

「あなたはどのようにしてそう思いついたのですか？　偶然すれ違ったことを含めて、僕たちは三回会っただけですよ」

「どんなに私を追い出そうとしても無駄です。私は私自身を通してあなたを理解しています。国籍や性別、そのどれにも関係なく、私たちは同類です……。同じ種族です」

文子は自分から先に愛を告白したことも忘れて、力強く念を押した。日本ではよく聞く「春は曙」だった。万葉時代のように素朴に「好きよ」と告白しようが、江戸時代式に「人情」と比喩的に呼ぼうが、心に宿った希望の光は、一筋に貫く愛だった。

「僕が出しましょう。今日は僕、お金を持っています」

ボーイが請求書を持って来た。朴烈は古いオーバーの外ポケットから、安い煙草である黄金バット三、四本と一緒に、もみくちゃになった紙幣二、三枚と七、八枚の銀貨と銅貨をつかみだして、テーブルの上に置いた。彼の貧しさと若さがありのままに広がる。しかし、落胆することも恥ずかしく思うこともなかった。文子は彼を制して、請求書を受け取った。

「いいえ、私が払います。私の方がお金持ちのようです」

実際、文子は生まれて初めて、金持ちになった気分だった。少なくとも彼の前でだけは、弱みを見せまいと口をしっかりと閉じ、意識して微笑む必要はなかった。男の知恵ある宝石のような言葉に共感する時だけ口を開き、女らしく笑いながらごまかす必要もなかった。朴烈の鳥のような鷹揚さに対して、言葉を再確認しようとして短い感嘆の言葉「ええ」を連発する、典型的な日本人女性とは異なる文子の態度は、朴烈にとって印象的だった。変わることができ、実際に変わるのは、若さの特権ともいえる魅力だ。

しかし、彼らはまだ知らない。その日の未熟な告白が、彼らの運命をどんなに、どのように変えたかを。彼らは肩を並べ春の夜に向かって歩き出た。

どこにもいない子ども

「文、この金を持って外で遊びな」

父が懐を探って握った小銭を取り出しながら言った。

「今？　お母さんが麻糸を売って戻ってくるまでに、賢俊のおむつを全部たたんでおきなさい、と言われたの」

「おむつなんか後でたためばいいだろ？　今すぐ出て行け！」

外に出て遊ぶのは嬉しいが、父が急き立てるのでなぜかおかしな気分だった。海岸通りの倉庫で管理人として働いている父は、例によって適当な口実をもうけて、今日も仕事を休んだ。母は弟の賢俊を背負い、数日間休まずにつないだ麻糸の束を持って、朝早く工場に行った。父が仕事に行かなければ、家族は夕食の材料が買えるか心配になる。

家にいたのは文子、そして数カ月前風呂敷包みを持ってやって来た叔母だけだった。母の年下の妹である叔母は、女性特有の病にかかっていた。しかし、山梨県の山奥にある、母の実家では十分な治療を受けることができないので、横浜に住む文子の家に滞在して近所の病院に通うことになったのだ。

「このお金で何をするの？」

父が半強制的に握らせた小銭を広げて見ながら、文子は言った。

「何でも俺の言う通りにしろ！　飴玉を舐めるとか……。早く外で遊べ、何をぐずぐずしてるんだ」

父がひどくいらいらしているようなので、文子は一旦外に出た。折角お金を貰ったのだから何をしようか、とあれこれ考えた。友達と一緒に大通りにあるお菓子屋に行こうと思った。お菓子屋の窓越しに見える天婦羅や出来立てのあんパンは、子どもたちが欲しがるものだった。ところが、外にはいつもワイワイ集まっている子どもたちの姿がない。ようやく文子は数日前キヨが大阪の母の実家に行く、と自慢したことを思い出した。そのうえつゆ子は少し前東京に嫁いだ姉を迎えて開く宴会の手伝いで忙しかった。トミも友達なしで食べたらおいしくない、と言って普段あれほどしたがった間食に乗り気でなかった。

文子は黒砂糖を一袋買い、ぶらぶらと町内を歩き回った。退屈だった。面白くなかった。何もできず黒砂糖をボリボリとかみ、また家に戻った。家中静かだった。賢俊の泣き声も聞こえないので、母はまだ帰ってないようだ。父と叔母はどこに行ったのだろうか？　が、玄関に下駄があるので、二人は家にいるように思えた。

その時、玄関脇の部屋に人の気配がした。父は普段その部屋に寝そべっていて、母が出かけると直ぐに、叔母を呼び込んでいた。叔母はいつもその部屋からすぐには出て来なかった。好奇心の強い文子が、彼らが何をしているのか気にするのは当然だ。

引き戸はぴったりと閉じられていた。閉じられた戸は常に人を惹きつける。しかし、文子は怖くて戸を開けることができなかった。気紛れな父に逆らえば、どんなひどい目にあうかわからず、文子はこっそりと家の中を歩き回った。ところが、また引き戸の内側からおかしな声が洩れてきた。叔母さんがどこからか猫を貰って来たのだろうか？　文子は風船のように膨らんだ好奇心を抑えることができなかった。息を殺し引き戸にぴったりとくっついて立った。

「ああ、文一！　ふざけないで。痛いじゃない……」

「おい、気持ちいいのに痛いだなんて、何が痛いんだよ？　しかし、どうすればこんなに柔らかくなるんだ？　生毛がある肌がすべすべしている」

引き戸の内側には、間違いなく猫がいるようだった。文子を除け者にして、父と叔母が猫と遊んでいる。文子は自分も猫と遊びたい、と思った。ところが、その時ちょうど引き戸の上の方に紙が破れている所があるのが目に入った。文子は足を伸ばして立ち、破れた紙の隙間から中をのぞいた。

「ああ」

文子は危うく声を出すところで、素早く口をふさいだ。部屋の中に猫はいない。しかし、父と叔母は猫がいないのに遊んでいた。叔母はゼイゼイと猫のような声を出していた。繰り返し腰を曲げたり後ろに反らしたりしながら、笑うように泣くようにうめいていた。まごまごと逃げる猫を追いかけるように、父がしきりに喘いでいた。腕をぐいと伸ばしたまま全身をばたつかせ、体をねじったり曲げたりして息を弾ませていた。子どもたちもそうであるように、大人たちも時折わけのわからないいたずらをするのを文子は知っていた。しかし、父と叔母のいたずらが奇妙に見えたのは、彼らが何も身に着けていない裸であったからだ。

事実、文子がこんな光景を見たのは初めてでなかった。教育に無関心で注意力が欠けていた両親は、幼い文子の前で気兼ねなく夫婦関係を持った。三、四歳ほどの幼児がせいぜいわかるのは食べ物のことだった。しかし、文子はかなりませた子だった。手当たり次第に受けた刺激が元になって、すでに四歳の頃から性に関心を持つようになった。しかし、父は母と時折した行動を、今叔母と始めた。幼い文子が見ても、何が間違いなのかはわからない。

叔母は二十二歳の、垢抜けしたきれいな女性だった。煮え切らない性格で行動が鈍い母と姉妹であることが信じられないほど、優しく何をするにも几帳面できぱきしていた。父の誘いの手に落ち、夜逃げして故郷を去った母と違って、両親に愛され、人の受けもよい。母に対する愛が冷めてしまった父は、このように魅力的な娘にすっかり惚れてしまったのだ。父の叔母に対する態度は、母に対するそれと全く違った。目でそっと笑いながら優しく振舞うことが、叔母に対するただの親切だ、と思うには怪しすぎた。

だが、父と叔母はそうした淫らな行いをしてはならない関係だった。彼らは母を裏切り、文子を欺いた。父がなぜ母を工場に行かせたのか、文子はようやく理解した。父は文子を家に置こうと甘言を弄したのだ。文子を利用して叔母との行為を隠し、母の疑いを晴らそうとしたのだった。欲しがってもいないお金を普段より多く与え、しばらく外で遊ばせたのも、すべてそうした目論見だった。

びっくりして引き戸の前から離れたが、裸のまま絡み合った手足が、眼前をしきりによぎった。毛がぶつぶつ生えている毛虫が、全身を這い回っているようでむずがゆい。一方では、母が今すぐにでも帰って来て、この場面を見るのではないか、とはらはらしていた。しかし、母が疲れた顔をして帰宅したのは、それからしばらく後だった。

「社長がいなくて、今まで待ってやっとお金が貰えたよ」

母が背からおろした賢俊のおむつは、おしっこでびっしょり濡れていた。濡れたおむつをつけたまま半日過ごしたため、股がむれた賢俊は泣き叫んでいた。

「だから、家を出る時、余分なおむつを持って行ったらと言ったでしょ」

いつの間にか服を着て部屋から出て来た叔母が、髪をとかしながら言った。

「さっさとやれ！　とにかくお金を貰って来てよかったんだ」

父は舌打ちしながら言った。父と叔母の顔はまだ少し赤い。彼らのごまかしに文子はむかむかした。ところが、文子の不服そうな表情を見た父は、突然大声で言った。

「この子はひどいよ」

文子は父の悪態に戸惑いながら、父を見上げる。

「わしの甘いことを知って、あんたが出かけると直ぐ、小遣いをせびって飛び出すんだからね」

父の目には、意地の悪い光がきらめいていた。以前、飲み屋の女を家に連れてきた時のように、自分勝手な欲望がはっきり現れた目の光だった。母と女は毎日汚い悪口を言い合い、父は女に味方して母を殴った。我慢できずに母が家を出たため、父は文子を知り合いに預けた。文子を見る人びとの目には、嫌悪と同情が交錯していた。他人の目につかないように、文子は精一杯身を縮めていた。

「何だい、やっておけと言ったこともしないで、お金を持って外に出て遊んだのかい？　この役立たず！　かつかつの暮らしなのに、買い食いなんかしていいのか」

母は文子の言うことを聞きもせず、父の言葉だけを信じて大声で叱った。いや、本当は信じたくなかったのだ。その時既に、母は父と叔母の関係に気づいていたのだ。しかし、目をつぶってでも、耳をふさいででもして、予想される破局を遅らせようとしていた。誰も文子の負った傷に気を遣わない。

文子は無籍者だ。この世にいなくてもいる、いてもいない子どもだった。皆が義務で行く学校にも正式には行かない、名誉ある大日本帝国に実在しない「非国民」だった。文子の出生届けが出されなかったのは、母が父の戸籍に入っていないためだ。叔母は言った。

「あんたたちの父には、初めから一生母と連れ添う気はなかったんだよ」

世間によくあることだが、父と母が愛し合わないことほど、子どもの心を大きく傷つけることはない。父は、広島県安芸郡で酒造業を営みながら時折村長を務める家の長男だった。父は家が栄えている時に生まれ、祖父の膝元で育った。家が没落し一文無しになって故郷を離れた後も、父は一時の栄光を忘れることができなかった。旅館の使い走り、工事現場の事務員、巡査と仕事を転々としながらも、自分はこうした惨めな待遇に甘んずるつもりはない、と言い続けた。父は、労働で生計をつないでいく人たちの生活と習慣を軽蔑した。安酒で酔うたびに、由緒ある藤原家の子孫であることを自慢し、眠っている犬の腹を蹴飛ばしたり、一杯になったバケツをひっくり返したりした。父の名字は佐伯だ。しかし、文子はただ一度も佐伯の名前で生きたことはない。

「あんたたちの父はわざと母を戸籍に入れなかった。いつか、またいい女が現れるかわからないからね。もっといい女を見つけたら、あんたたちの母親を捨てるためさ。腹が立つけど、ああ見えてもかなり利口な男だよ」

げっそりと痩せた胸がぱっくりと裂け、ばらばらになった気がした。叔母は文子のこうした胸の内を知るや知らずや、美しい顔でにぎやかに笑いながら言った。そうでなくともみすぼらしい母が、一層だらしなくみすぼらしく見えた。可哀そうとは思わずむしろぞっとした。父はただ単純に、光輝ある佐伯一族の一員と山奥の貧農の娘が結婚するなんてとんでもない、と考えたのかもしれない。しかし、叔母は母の妹ではないか？　辻褄が合わないめちゃくちゃな矛盾、矛盾、私をむかつかせる矛盾！

結局、父は叔母とともに家を出て行った。母と文子と賢俊を捨てて逃げたのだ。捨てられた瞬間の気分は、横っ面を張られたと同じだった。ただひりひりしてぼうっとするだけだった。しかし、父に捨てられた後に迫って来た現実は、皮膚を打つ痛みだけでは終わらない。

食事に事欠く日々が始まった。母が麻糸を売って帰って来るまで、空腹を我慢できず、痛む腹を押さえ、畳の上に死んだように倒れていた。しかし、お腹が満たされる日は、母が駅前の弁当店から客の残した弁当を貰ってくる時だけだ。ご飯の残りを探して食べ、時々肉切れや筍を見つけた時は、とても嬉しかった。父に捨てられた文子は母にすがった。しかし、母は子どもたちどころか、自分さえ守ることができない無気力な女だった。母は頼る人がいなければ、一人で一歩も歩けない。一人の男が離れていくと、他の男をすぐに探す。二、三カ月ほど紡績工場に通った母は、鋳物工場で働く中村という鍛冶職工と付き合い始めた。

「その人はいい日給取りなんだよ。何でも一日一円五十銭だってことだからね。そうすりゃ、私は工場をやめることができ、お前を学校にやることもできるからね。わかった、文？」

母の語調が少しは申し訳なさそうであったろうか？　中村は小さな風呂敷包みを抱えてやって来た。それですべてだった。その時から、文子は中村と一緒に暮らすようになった。中村は文子を嫌った。文子もまた、彼をお父さんとどうしても呼べなかった。文子は何かにつけて中村に口答えし、そうすればするほど中村は文子をいじめた。中村と一緒に生活していた間に文子が最も悲しんだことは、中村に虐待されたことではない。

「それじゃなるべく早く連れて行ってやる方がいいね。どうせ先方の子ならあまり大きくならないうちの方がいいよ」

ある日、文子は夢うつつで、鉄を削るような中村の声を聞いた。

「あんな男にやるのは心配でならないけれど、といってどうすることもできないし」

文子は彼らの言葉の意味がわかって、すっくと起き上がり叫んだ。

「ねえかあちゃん、賢ちゃんをどこかにやるの」

彼らは眠っていたはずなのに突然起きて叫んだ文子を見ても、別に驚かなかった。母が説明した。

「別れる時、約束したんだよ。私がお前を育て、お父さんが賢俊を育てると」

文子はショックと恐怖でぶるぶる震えた。賢俊はたとえ赤ん坊であっても、文子の最も親しい友だった。いや、それよりも文子は自分の愛するものを持っていたかったのだ。

「ねえかあちゃん。私明日からお友達と遊ぶのをよして、朝起きてから晩寝るまできっと賢ちゃんを見るから、ちょっとでも泣かせないように一生懸命お守するから、お父さんのとこへ連れて行くのはよしてよ。ねえ、母ちゃん、そうしてよ。私ひとりぼっちになると寂しいから」

どうぞ、どうぞ……頼むから、頼むから。しかし、母は聞き入れない。文子の言うことを誰も聞き入れなかった。文子が泣きながらどんなに頼んでも母は応じず、中村はぷかぷか煙草を吸ってばかりいる。大人たちは常に彼らだけの理由を持っていた。それはどんなに叩いても開かない、どっしりした門のようだった。門の向こうの部屋では、文子の胸をずたずたに裂く、むごたらしいものたちがうごめいていた。

賢俊は出て行った。賢俊を父のところへ連れて行くため駅に向かう母を追いかけながら、文子は泣き叫んだ。

「かあちゃん。どうしても賢ちゃんが行かなければならないのなら、私も一緒に行かせてよ！　私一人で男の人といるのは怖いよ」

それでも、母は文子の手を振り切り出て行った。文子の涙は止まらない。弟までも失った悲しみと苦しみのせいで、涙腺が壊れてしまったようだった。夕方、帰って来た中村は、険しい金壺眼で文子をにらみつけた。

「泣くのをやめろ！　うるさいぞ！」

彼は絡まった白髪を両手でつかみやたらと掻きむしりながら、大声を張り上げた。しかし、文子の涙は、中村が頭ごなしに叱りつけても、止まるものではなかった。小さい身体のどこかに、黒い涙で一杯になった、冷たい深い池ができたようだ。これでは、身体がかさかさに乾いてしまうのではなかろうか？　心配になるほど涙が絶え間なく流れ出た。

「うるさいといったら！　やめろ！　やめろったら！」

中村は怒りがおさまらない様子だった。猫背の身体をすくっと起こすと、部屋の隅に置いてあった毛布を持って来た。そして、麻紐で文子の手足を縛り、自分の首に巻いていた汚い手拭で口をふさぐ。さらに毛布でぐるぐるに巻き、固いロープで結んだ。それを持ち上げて中村が向かった先は、家の近くの川辺だった。彼は毛布で巻いた文子を木の枝にそのままぶら下げた。

その時初めて、文子は死の恐怖に直面したのだ。夜が更けあたりが静まるとすぐに、水の精霊が陰々とした歌を歌い始めた。ひゅうひゅう……びゅうびゅう……たっぷんたっぷん。体をひねると、木の枝が今直ぐにも折れそうな音がした。怖い。涙は体内に穴を掘り入り込んだ。怯えて大声で泣こうとしてもできない。

「かあちゃん……賢ちゃん……かあちゃん」

暗闇の中で母と弟の名を呼んだ。しかし、ふさがれた口から洩れ出るのは、悲鳴でも絶叫でもない呻き声だった。ついに死のくちばしのような波が、文子の呻き声までも冷たく呑み込んでしまった。

大人たちの世界は、「いないいないばあ」の遊びのようだった。座布団や手のひらで顔を隠し、

「いない、いない」を小声で言い、「ばあ」と大声で叫びながら、突然姿を現す遊び。その後もずっと文子を苦しめた中村が、ある日突然消えた。母が文子を守るため彼と別れると決めたのか、父が恋しさと罪悪感に駆られて文子を連れに来たのか、わからない。中村は鋳物工場を解雇された。そうすると、専ら生活の便のため維持されていた同居生活は直ぐに終わったのだ。しかし、欺瞞的な「いないいないばあ」の遊びは終わらなかった。それから三、四カ月も経たないうちに、母は新しい男を連れて来た。

二人目の男の名は小林だった。文子が会った、最も怠惰で無責任な男。母より七、八歳若い小林は、青い絹のハンカチを首に巻き、髪を長く伸ばしてポマードをこてこてにつけたうそつき男だった。彼は真面目な沖仲仕のふりをして母を誘惑したが、同居生活が始まった途端、露骨に本性を現した。二人は何するでもなく、畳六畳の部屋で、一日中布団の上にごろごろ横になっていた。

ある日の午後九時過ぎ、文子が部屋の隅で宿題をしている時だった。布団の中で小林とふざけていた母が、突然文子に焼き芋を買いに行くよう命じた。母は枕の下から財布を取り出し、文子に投げつけた。三つか四つの銅貨が、真っ黒くなっていた畳の上をころころと転がる。

「今頃焼き芋だって、かあちゃん。あそこの焼き芋屋は早仕舞いだからもう寝ているよ」

しかし、母は癇癪を起して声を張り上げた。

「焼き芋屋はあそこ一軒じゃないよ。裏通りの風呂屋の隣にもあるだろ。そこはまだ大丈夫起きている。早く行っといで！」

裏通りの風呂屋の隣……、それを聞くと文子は身震いした。そこに行くには、八幡様の森の中の道を通らなければならない。

「ねえかあちゃん、お菓子にしようよ。お菓子屋なら直ぐそこの明るい所にあるから」

「駄目！　焼き芋でなきゃいけない」

母はかっとなって怒鳴りつけた。

「お前は親の言うことを聞かないのかい。早く行っといで、この意気地なし。何が怖いものか」

母の剣幕を怖れ、文子は不承不承テーブル下に転がっていた銅貨を拾い上げた。服を着て玄関の戸を開けて出てみたら、風が強く吹いていて外は真っ暗だった。火の番の打つ拍子木の音が遠くから聞こえてくる。首を突き出すと、左に八幡様がぼんやり見えた。死んだような静けさに包まれた森は昼よりずっと恐ろしかった。そこを一人で通らなければならない。立ちすくんでもじもじしている文子を見た母が、いきなり起き上がって来た。

「早く行け！　早く行かないか！」

母は文子を外に突き出して、ぴしゃりと戸を閉めた。こうなれば仕方がない。文子は有りったけの勇気を出して駆け出した。髪を振り乱し、虚空を引っ掻き回す、木の神様に足首をつかまれないように、死んだ気になって走った。森の道をどう通ったか覚えていない。焼き芋屋で温かい芋を風呂敷に包んで貰って、またもと来た道を何物かに追われるように駆け抜け、家の中に飛び込み、ほっと息を吐いた。木の神様はついて来なかった。ううう……木の神様の怒った号泣が戸の外から聞こえてくる。

「かあちゃん、ここに焼き芋が……」

しかし、ふっくらとした焼き芋を食べたい、と受け取って喜ぶはずの母はいなかった。文子は慌てて視線をめぐらせた。また、暗闇の中に逃げて行かなければならないのか。木の神様が首筋をつかもうとして、長い腕を伸ばしているに違いない。父と叔母がした遊びを、今度は母と小林がしていた。幼い文子にはどうしても理解できない、淫らで放埒な遊び。母は焼き芋が欲しかったわけではない。ただ文子を追い出したかっただけだ。

小林と暮らし始めてから、生活はもっと苦しくなっていった。一つひとつ持ち物が売られていった。米櫃まで一握りの米と交換された。もっとも米一粒ない家には、米櫃のようなものは要らなかった。

ところがある日、何かを売りに出て行った母が、赤い梅の花かんざしを買って来てくれた。それはかねて文子の欲しがっていたものだった。母は嬉しくて浮き浮きしている文子の髪を梳き、かんざしをつけてやった。そして一張羅の着物を、格好よく着せ直した。そうしながら、母は、うちがどんなに困っているかとか、文子をこんな風にして置くのは可哀想だとか、しみじみと話した。文子が悲しくてわっと泣き出すまで、話をやめなかった。だが、そのうち母は、急に言葉の調子を変え、晴れ晴れしく文子に言った。

「だが文や、幸せなことに、お前を貰ってくれるところがあるんだよ。そこはうちみたいに貧乏でないし、しまいには玉の輿に乗れるかもしれないんだよ」

これからは文子の番のようだった。母と離れてよその家にやられるのは悲しかったが、文子を幸せにしようと母が努めたことがわかったら、行く覚悟だった。しかし、文子は「玉の輿」が何だかわからない。

母は文子をちょっと小粋な家に連れて行った。玄関でしばらく待っていると、伝統的に盛り上げ膨らませた髪を結い、黒繻子の帯を締めた年増の女が出て来た。女は文子をじろじろと眺めた。そして、母との間で取引を始めた。

「何といってもこの娘は小さすぎるのじゃないかね。これがものになるまでには、少なくとも五、六年はかかる。その間お金もかかる。学校にやって、せめて小学校だけでも卒業させにゃならん。その上、お客の前に出て接待できるように仕込まにゃならん。だから、それまでするにゃ、かなりの元手がいるというわけだからね。やはり、駄目だね……」

その時は幼くしてわからなかったが、母が文子を連れて行ったところは、間違いなく遊郭だった。母は最後は諦めたが、文子を売春婦として売る算段までしたのだ。文子は、母の処分できる、最後の持ち物だった。

文子に苦痛を与えるのは、貧乏それ自体ではなかった。勿論、貧乏からくる苦痛は、悲しく酷いものだった。しかし、貧乏からくる苦痛よりもっと大きいものがあった。寒さと飢えと苦労よりももっとつらいのは、愛の欠乏からくる苦痛だった。愛されないし、愛することもできない、そうした救いようのない諦念が、文子の胸の真ん中に傷となって残ることになった。その熱いちくちくと痛む傷は、簡単には癒えないに違いない。

つらい愛

「気をつけ！」

担任が教室の戸を開けて入って来ると、級長がぱっと立ち上がった。ワイワイと騒いでいた子どもたちが、一瞬のうちに背中を伸ばし、目をしっかりと開けたまま教壇を見上げた。

「敬礼！」

咎められないように注意して、子どもたちが一斉に礼をした。

「今日は！」

腰に長い日本刀を下げた担任は、教室内を見回し、こっくりとうなずいた。新しく赴任した校長は、いわゆる操行を声高に強調した。幼い時から態度と行動を訓練して、きちんとした「帝国臣民」にならなければならない。ところが、操行教育の最初の実践方針はおかしいものだった。学校内では、絶対に朝鮮語を使ってはならず、「国語」だけを使わなければならない、と強調された。気をつけと敬礼は残り、アンニョンという「今日は」を意味する朝鮮語の挨拶だけが消えてしまった。彼らが言う「国語」というのは、支配国の言葉である日本語だった。

しかし、母国語を使わずに過ごすことは、一朝一夕には不可能だった。子どもたちは先生の目を盗んで、こっそりと朝鮮語でささやく。また、急ぎの時は、自分で気づかないで朝鮮語を使ってしまった。担任は朝鮮人だった。彼は初めのうちは、子どもたちの失敗に気づかぬ振りをした。しかし、後ろ手を組み廊下を行ったり来たりして、鋭い監視の目を光らせる校長に注意されてからは、冷たい態度に変わった。

担任は、子どもたちが互いに監視する方法を用いた。教室の後ろに操行記録表といったものを貼り出し、申告者には一点を与え、申告を受けた者にはマイナス一点を記録した。これがそっくりそのまま、学期末の通知票の操行点となった。

「おい、お前たち、朝鮮語を使っただろう？」

「お前、先生に言ってやるぞ」

教室、廊下、運動場、どこででもこうした怒鳴り声を聞くことができた。朴烈は歯ぎしりして耳をふさいだ。点数を稼ごうと、血眼になって競うように互いを告発する友人たちの姿はみじめだった。こんなことのため、故郷の村を離れ学校に来たのではない。こうした勉強をしたい、と母と兄にせがんだのではない。朴烈はだんだんと寡黙になっていった。教室の後ろに貼ってある操行記録表の朴烈の点数は、常にもう後がない零だった。

故郷の書堂で『資治通鑑』六巻を修めた時、朴烈は十歳だった。朝鮮が日本に奪われた話が朴烈の耳に入ってきた。しかし、書堂の先生は長い煙管で煙草をプカプカとふかしながら、相変わらず、孔子曰く、孟子曰く、とだけ唱えていた。中国の漢字こそ本当の文字である真書で、ハングルは下品な言葉を記す卑しい文字だと言った。

——国を奪われたくせに、島国の日本人野郎の銃剣の前では何もできなかったくせに……。

朴烈の小さな胸にはいつの間にか、伝統という美名の儒教的慣習と大人たちに対する反抗心が芽生えていた。母と兄にくっついて、チャンスンという男女一対の守り神の木像が立つ、村の入り口に住む姉の家に着いた時見た光景が、目にありありと浮かぶ。

華麗な装飾の鞍をつけた馬に乗り、日本の憲兵と警官たちが通りを巡視していた。義兄によれば、ここから十里ほど下った、洛東江河岸の胎峰にはずっと前から、日本軍が陣を張っていたそうだ。日本人が開いた商店も、あちこちで目につく。下駄をはき羽織の裾を風にひらめかせ急ぎ足で歩く日本人たちを、朴烈はどぎまぎして眺めた。明らかに朝鮮の地だが、彼らが主人で朝鮮人は客のようだった。両班たちが出入りする郡役所には、日本刀をつけた制服姿の巡査が立っている。平民の前でいつも大きな顔をしていた両班たちも、腰を少し屈めるように曲げて巡査に用件を告げた後、役所内に入って行った。

日本人が新式の学校を建てたという噂もその時聞いた。長兄の庭植（チョンシク）は、開化した義兄の助言により、この地方で創立された咸昌普通学校に朴烈を入学させよう、と決めた。

「目を開け。書堂でやった勉強だけでは駄目だ。新式の学校で習わなければ、日本人野郎に勝てないぞ」

故郷の梧泉里から咸昌までの五十里を牛車で送ってくれた長兄が、烈を軽く叩きながら言った。甥の世話から始まって、二番目の兄を結婚させ、大家族を率いてきた長兄の広い肩は、顔は浮かんでこないが、父を思い起こさせた。父は、先祖代々暮らした聞慶を離れ梧泉里に引っ越してから幾らも経たないうちに、持病の胃腸病が悪化し亡くなった。長男の庭植が二十五歳、末っ子の烈が四歳の時だった。戸主になった庭植が相続したのは、田畑それぞれ約二千坪だった。聞慶では三難家と呼ばれる名門だったが、面目を失っていく。三難というのは、五人も男子を産むのは難しく、その五人全員が科挙に受かるのも難しく、さらに五人とも文官になるのはもっと難しいという意味である。そのすべてを成し遂げた一族が三難家なのだ。咸陽朴氏二十代目の兄弟五人が全員科挙に合格したことによって得た、名誉ある呼称だった。

しかし、王朝は没落し、世は変わった。それも、とても恥ずかしくなる形で。父が死んだ年に、朝鮮は日本と結んだ乙巳条約によって、外交権を奪われ張子の虎となった。一国の没落と、一族のそれが重なったようだった。あっという間に倒れたのだ。祖父の時まで威勢がよかった暮し向きが、父の死によって傾いていった。混乱と苦難の時代は、真面目な人間と悪賢い人間の位置を変える。迎合する者だけが生き残り、他は淘汰された。父の死とともに、聞いたことも見たこともない保証書と薬代の請求書を持った人びとが押し寄せた。瞬く間に朴烈の一族は、地主から、ぼろ家で暮らし、小作と自作を兼ねてやっと家計を維持するといった境遇に落ちたのだ。いつも病気で苦しんでいた母までもが、鎌を握り野良に出た。

朴烈は歯を食いしばった。いつも自分を愛し信じてくれる家族のためにも頑張れ。何事かを成し遂げよ！　学ぶことへの熱望と意志が強まった朴烈は、咸昌普通学校で頭角を現した。何事にも先頭に立って行動するしっかりとした姿を見て、友人たちは仲間うちで「あくどい奴」というあだ名で呼んだ。妬んだり誤解したりして。ともかく、彼を気に入らない子どもたちの間からは、生意気だという声も聞こえてくる。しかし、母の薬代に加えて朴烈の学費まで稼ごうと、腰を曲げて頑張る兄を思い、考えを変えるつもりはなかった。

普通学校に入学した初めの頃、朴烈は書堂と較べて、日本の教育方法は進んでいる、と感嘆した。朴烈は開化した日本人の生活に羨望を抱き、よそ見せず熱心に勉強した。「朝鮮人は汚い」と言われないように、身だしなみ検査がある前日には川岸に行き、全身が真っ赤になるまで小石で垢をこすった。身体に垢が溜まってシラミがいる子供たちが教室の前に呼ばれ、細い木の棒で打たれるのを見て、彼らを密かに軽蔑した。

しかし、いくら皮をむき垢をこすり全科目で百点を取っても、変わらないことがあった。

「日本と朝鮮は一つの国だ。日本人と朝鮮人は同胞で平等だ！　これは天皇陛下のお言葉だ。何と聖恩のふかいことか！」

担任は、内鮮一体と一視同仁を体現している不思議な存在として、天皇を興奮しながら讃えた。それは、当局と校長の特別指針だ。天皇陛下という単語が聞こえる瞬間、身体をこちこちにして立ち、「気をつけ」の姿勢を取らなければならなかった。取るに足らない人間が神の恩恵を受けるのだから、緊張を解き、へへえとしきりに笑い座っていることはできないのだ。

子供たちは皆嫌がったが、九九の段を覚えることは悪いことではない。人間の祖先がサルだ、と習ったのも面白かった。しかし、自分の祖先の歴史の代わりに、天皇の祖先の歴史を学ばなければならない社会の時間は、どうしても困惑してしまった。天照大神の孫が天皇の象徴である勾玉と剣と鏡を持って、天から地上に来る場面を、担任が熱心に説明している時だった。

「先生、質問があります」

教室の後ろの方で、誰かがさっと手をあげた。

「何だ！」

担任は腹立たし気に声を返しながら、身体を黒板から正面に向けた。

「日本と朝鮮がもともと一つの国だったなら、始祖も同じでなければならないのではないでしょうか？　日本の始祖が太陽の女神である天照大神だとしたら……私たちも天照大神の子孫なのですか？」

前の席に座っていた朴烈は、素早く振り向いて、大胆な質問をした子どもを見つめた。彼は、朴烈と同じように書堂から編入した級友たちより、三つか四つ年上だった。他の子どもたちより頭が一回り大きいものの、へらへら笑って通学していたせいか、つけられたあだ名がシンゴピで、それは「頭が足りない奴」という意味だった。　級友たちがふざけながら遊ぶ姿をいつもにっこり笑ってながめており、あだ名の意味がわかっていたのかどうかはわからない。学校はそもそも質問が許されないところだ。先生が教えることを記憶し覚えること、それで満足しなければならなかったのだ。その上、先生の教えを特にきちんと聞かなければならない社会の時間に。教室は水を差したようにたちまち静かになった。

「では、お前は朝鮮の始祖は誰だと思っているのか？」

「檀君が朝鮮の始祖だと習いました」

「どこで習ったんだ？」

「……」

「えー……お前が言った檀君は天照大神の弟だ。だから、えー、また……もともと一つの国だった日本と朝鮮が力を合わせて、東の国が発展するという世界史的潮流に乗って行かなければならない。ところで、そもそもどこでそんな荒唐無稽なことを習い、同級生たちを混乱させるのか？」

担任は冷静であろうとしたが、鼻の下にぽつぽつ曲がってついていた髭が、ぶるぶると震えていた。異常な雰囲気に怯えて、シンゴピはすぐに返答できなかった。

朴烈は書堂で習った『童蒙先習』で、檀君が朝鮮の始祖であると記憶していた。たとえ中身を少なくした簡略な教科書であっても、朝鮮民族には朝鮮民族だけの歴史があったことが記されていた。檀君に天照大神なんて姉がいたという話は、全く知らない初めて聞く話だ。

シンゴピが、本の名前を忘れたはずがない。いち早く日本に迎合し、担任の役割を果たしていたが、担任も書堂に通って文科と理科を学んだはずだ。しかし、彼らは勝負するように、檀君を始祖とした本の名前を言わずに我慢した。それは、日本政府が旧朝鮮政府の年号をつかった書物は勿論、その時代の初等課程の教科書である『童蒙先習』などの本を禁止し、すべて没収してしまったからだ。その上当局は悪辣なことに、禁書にした本を持っているだけで罰金を課した。

「お前、こっちに来い！」

担任が蒼白な顔で、思ったより低い声で命じるのを聞いて、皆がぞっとした。彼は手に持ったチョークを投げつけ、シンゴピに向かって、人差し指をこっくりこっくり動かした。彼の指から落ちたチョークの粉が、前の席に座っていた朴烈の頭に飛んできた。殺伐とした雰囲気にすっかり凍りついた子どもたちは、息を殺して座っている。チョークの粉で白くなった頭をはたこうと、朴烈は思わなかった。じっと動かないでいるシンゴピに向かって、担任は矢のような速さで走って行った。彼は教室の後ろまで行き、シンゴピの耳をつかみ、引っ張り出して来る。引っ張られて耳が赤くなったシンゴピの、痩せた身体がふらついた。

「どこでそんな不遜な話を喋りまくったのか？　どこで習ったのか？　どこでそんなとんでもない話をきいたのか？」

担任は、手に持った指示棒を木の枝のように使って、シンゴピを打ち始めた。頭をかばいながら、シンゴピは少しも声を出さず打擲を受けた。それは一層担任を怒らせ、彼は折れた指示棒を放り出し殴ったり蹴ったりし始めた。続けざまに両頬を打たれたシンゴピの鼻から、赤い血が溢れ出た。赤いものは荒々しい。赤いものは熱い。朴烈の頭の中は、息を切らせている、担任の息遣いとかすかに洩れ出てくるシンゴピの呻き声で、すべてが荒々しく熱く染まった。先生の側にいて、級友が叩かれている姿を愉快に見物することはできない。とはいえ、シンゴピに同情し苦しみをともにすることもできない。加害者にも被害者にもなれない。いや、卑怯で残酷な加害者であると同時に、被害者でもあったのだ。

担任が打擲を止める気配はなかった。鼻血に加えて唇まで出血したシンゴピの顔を、まともに見ることができない。朴烈はそっと首を斜めに曲げた。するとたまたま目撃した。教室後方の戸のガラス窓から、この光景を見守っている、蛇のように冷たい目つきをした校長を。

「お前の兄が暴徒だというのはわかってるぞ。だからお前にも不穏な血が流れているのだろう。すっかり流せ！　血をもっと流し、身体をすっかり清め空っぽにするんだ！」

担任は、何かに憑かれたように狂暴になった。大人の話を聞き知っていた子どもたちが、シンゴピの兄が抗日運動の義兵になって死んだ、とひそひそ話すのを聞いたことがあった。朝鮮人の立場からは、義士であると同時に志士でもある義兵を、日本政府は暴徒と呼んだ。

担任は討伐隊にでもなったつもりで、シンゴピを激しく殴り、シンゴピは、この山里あの山里で赤い土を握り死んでいった義兵たちのように、物言わない。このむごたらしい情景を、教室の前に日章旗と並んで掛かっている乃木将軍の肖像が、冷ややかに見降ろしていた。

「殉死だ！　乃木将軍が殉死された！」

朴烈が普通学校に通い始めてから二年ほど経った一九一二年の夏。明治天皇が死んだ。休み中だったが、非常召集令が出て、天皇の葬儀まで毎日登校し、哀悼の儀式に参加しなければならなかった。そして、天皇の葬儀が行われた翌日、乃木将軍が天皇に殉じて自殺したことを伝える号外が配られた。校長は、新聞に載った、乃木将軍が死ぬ前に書いた文章を子どもたちの前で厳粛な声で朗読した。

日本陸軍の指導者として、中国東北地方の広大な大地を狙った日露戦争で司令官を務めた乃木希典は、かつて戦場で敵に軍旗を奪われたことがあって、それからずっと、「死ななければ、死ななければ！」と言いながら過ごし、天皇を追って自殺する機会をうかがっていたのだ。校長はまた、夫とともに死んだ夫人の写真が載った新聞をぱっと広げて見せた。そして、感極まって涙を流した。

心優しい何人かの子どもたちも倣って泣いた。その時朴烈は、しびれた足をほぐすため、唾をつけながら思った。

――私たちには、隋軍と戦った乙支文徳(ウルチムンドク)将軍もいるし豊臣秀吉軍と戦った李舜臣(イスンシン)将軍もいるのに、たかだか天皇の後を追って死んだという理由で、日本の将軍の自殺に涙を流すなんて。遺書の通りなら、乃木将軍は何年もの間死ぬ機会ばかりうかがって生きたということだが……。それがそんなに名誉あることなのか？

朴烈は、輝かしい死のせいで、長い間植民地の子どもたちの頭の上で、顎を突き上げている高慢な乃木の肖像を見上げた。

「朝鮮人はとんでもない連中で、殴られなければわからないんだ！」

そして、この蔑視の罵詈雑言を聞きながら、犬畜生のように殴られるシンゴピの姿を。へその周りからみぞおちの先にかけて、熱いものが徐々に湧いてきた。朴烈は幼い頃、道で会った、ぼろを着た乞食の老婆を家に連れて来て、母に何か着るものをあげてほしい、と頼んだくらい気持ちの優しい子どもだった。だが、気が弱くて、母の、巻きスカートであるチマの裾にすがって甘えることはなかった。戸籍上の名前は準植(ジュンシク)だが、家族の者は烈と呼んだ。寅年生まれでその気質も虎のようだった。村の書堂で千字文を習い、学習に興味を覚えた時、朴烈は土壁に文字と一緒に虎の絵を描いた。世界で一番怖くて強い動物がよかった。一度で三十三尺飛んで走ることは誰もできない。百獣の王。

しかし、胸の中の虎は、ただ呻くように唸るだけだった。矛盾と欺瞞と不合理と差別で一杯の世間に向かって、歯と足の爪をとがらせてかかって行く力はまだない。卒業の時期が近づくにつれ、朴烈は深く悩むようになった。家が貧しく、私立学校に入学するのは不可能だった。自分よりずっと成績がわるいのに、心配することなく留学の準備をする友人たちを見ると、富に対する羨望と同時に、金ですべてのことが決まる社会への憎悪の念が湧き起こった。朴烈はやむを得ず、道知事の推薦を受け、公費で入学できる京城第二高等普通学校師範科に進むことに決めた。いい学生になろう。必死に学び、子どもたちを教育することに献身するつもりだった。

卒業式は三月の最終週だった。朴烈は卒業式の日の前日、担任が学校の裏山に子どもたちを集めるという話を聞いた。何かあるらしい。ひどい憎しみと恨みの対象であった担任をもう見ないで済むので、卒業が楽しくさばさばした気分だったのだが。ところで、集まる場所が裏山の松林というのはいぶかしい。そこは持ち主がわからない墓が幾つかあるだけの、荒涼としたわびしい場所だった。

朴烈が級友たちと一緒に松林に着いた時、墓を背にしてがっくりとうつむいて座っている担任の姿が、ぼんやりと見えた。ポマードをつけつやつやにしていた髪はぐちゃぐちゃ絡まっていたし、腰にいつも下げていた日本刀もなかった。

「お前たち……来たな」

彼は子どもたちを見て朝鮮語で言った。いつも日本語だけで話していた彼の朝鮮語は、聞きなれない。彼はまたうつむきながら嘲笑した。彼の息からは、かつて長兄から嗅いだ、むかつく酒の臭いがした。こどもたちはどうしていいかわからず、ためらいながら黙って彼を見守っていた。

「明日、お前たちは卒業する。もうすぐ学校を去ることになる。だから……お前たちに言わなければならないことがある。絶対に言わなければならないんだ。必ずだ」

学校の外で担任と会うのは初めてだ。ところが、彼は全く他人のように見えた。担任は赤く充血した目で子どもたち一人ひとりを見渡し、ゆっくりと口を開いた。

「どうか私を許してくれ。今まで心にもないことを教えてきた。朝鮮の歴史を尊重しなければ駄目だ。日本の学校の教師は刑事と同じだ。私はお前たちの先生ではなく巡査だった。私は今までお前たちをだまし、自分をだましてきた」

担任はそう語った後、謝罪するように頭を下げた。乱れた髪に覆われて見えない顔から、大粒の涙がはらはらと落ちた。驚いた子どもたちが先を争って、担任の前で一緒に泣き始めた。担任にひどく殴られ、何日も学校に出て来なかったシンゴピは、後ろに立ったまま袖口で目の縁を何度も拭っていた。

彼もやはり朝鮮人だった。朴烈は胸中から溢れ出る感情を抑えることができなかった。彼らは皆、同じように悲しく惨めな人間だった。植民地には例外というものはない。

虐待

十三歳になった、正月二日の朝だった。すまし汁に餅を入れて煮る雑煮を前にして、家族全員が食卓を囲んで座った。雑煮のおいしい匂いが漂う。生唾をのみこみ、箸箱から箸を取り出した時だった。

「これは何だい？　誰がわしの箸箱に折れた箸を入れたんだ？」

突然、祖母の荒々しい声が飛び出した。餅のようにぽっちゃりした祖母の手には、すり減って二つに折れた箸があった。叔母と叔父の目が一斉に文子に向けられる。米とぎ、かまどの火焚き、ランプ磨き、便所掃除、皿洗い……。

そして、食事のため箸をそれぞれの箸箱に入れるのも、すべて文子の役目だった。怒りで蒼白になった祖母が、箸を投げつけ声を張り上げた。

「これは一体どうしたことだ？　縁起でもない。正月早々のことではないか。文、お前はわしを呪い殺そうとしたんだな？　そうなんだな？」

先がとがっている箸が文子の肩にぶつけられ、古い袴の上に落ちた。木の箸は中ほどの所を虫に食まれて、二つも大きな穴が開いている。文子はそれを知らなかった。それに気がつかなかったのは、確かに文子の過失に違いない。いや、それは祖母が思うに、不遜で怪しい呪いだった。

「ごめんなさい。ちっとも気がつかなかったんですから。私がどうしておばあさんが死ぬのを願うんですか？　そんなことをすれば、呪い殺すおまじないなるなんて、全く知りませんでした」

文子は膝を折り、頭を下げて謝った。祖母に従って朝鮮に来て、岩下の家族と一緒に生活するようになってから一年ばかり。文子はこうした騒ぎに十分慣れていた。文子には二つの方法があった。過失だ、と言ってどこまでも頑張り通すか、でなければ「まことにそうでした。以後は慎みますから」と言って謝るかだ。しかし、このどちらもできなかった。思いがけなく、彼らが教えてくれた迷信、災いを祈願するとまじないの神が力を発揮する、これを信じる心がじわじわと広がってきたためだった。そうだ。文子は祖母が死ぬのを願っていたのだ。あるいは、彼らが苦しむのを願っていたのだ。

「ふん！　また嘘をついて。正月一日、二日であってもだまされるものか。駄目だ。正月でもお前はいつもの罰を受けなきゃならないんだ！」

いつもの罰という言葉を聞いた文子はぞっとした。文子はすぐにご飯茶碗を取り上げられ、屋外に追い出された。朝鮮の冬は厳しい。氷点下の朝は、すべてのものをかちかちに凍らせるほど冷え込む。餅一切れさえ食べる暇もなかった。せめて熱い汁を一口でも飲むことができれば……。文子は寒さと空腹に苦しみながら、しばらく門の前をうろついた。それから、屋外便所の裏の方に隠れた。片側が丘の斜面で、日の光が少しも当たらない場所だ。時々北東の風が吹き、雪交じりの砂が遠慮なく顔を打つ。

　文子は立っていようとした。しかし、積もる雪が氷になり、履物が駄目になった。文子は腰を曲げようとした。が、空腹で力が出ず、しゃがみこみ尻もちをついた。文子はそのままの姿勢で泣いた。冷たく凍りついた土を、手の爪であちこち掻き身悶えした。幼い子が屈辱と悲哀を感じないことはない。大人たちが思うよりずっと、彼らが与える恐怖と怠惰によって、子どもたちは苦しむものだ。

　文子はできるだけ風を避けようと、便所の後ろの壁にくっついて座った。不快な悪臭を気にする余裕はない。曲げた足を両腕で抱き締め、自分の体温で身体を温めた。つらい時間はいつも牛歩のようにゆっくり進む。文子は惨めなことを忘れようと、幸せな生活を想像してみた。しかし、想像するのは容易ではなかった。不幸を味わい苦労した主人公がついに幸せを取り戻す話は、童話の本の中にあった。不幸な山を一つ越えたと思ったら、それよりもっと高く険しい不幸の山が眼前にそびえていた。幸福の、広い平野のようなものは現れない。

　もうこれ以上売るものがなくなった小林は、母と文子を自分の故郷である山梨県の山奥に連れて行った。小林の貧乏な叔母の家に居候する身だったが、文子はそこで僅かな間であったものの幸福であった。朝になると、気分よく歌を歌いながら山に出かける。山は孤独でひもじい文子にとって、いつも変わることのない友だ。アケビと梨と栗を取りお腹を満たし、野ウサギとウズラを追いかける。自然の中の自由を初めて経験した文子にとって、そこは忘れられない、懐かしい世界だった。

　しかし、母はそこでも幸せでなかった。彼女は疲れる労働を通して自由を得るよりは、たとえ束縛されても平穏でゆったり暮らすことを望んだ。結局小林と別れ実家に戻った母は、製糸工場で働いた後、雑貨店の主人の後妻に入った。母はそのうち文子を連れて行くと言ったが、新しい夫が子どもを煩わしく思っている気配を感じると、文子を実家に預けてしまった。父だけでなく母まで！文子が受けた衝撃は、大人が想像できないほど大きかった。

——父さんは逃げて行った。ところが、母さんまで私を捨てて行ってしまった。どうして私は、どうして私の運命はこれほど哀れなの！　私なんか生まれなければよかった。みんなが私を捨てるなら、生まなければよかったじゃないか？

このような時に折よく会いに来た、父方の祖母は、思いがけない幸運をもたらす救世主のように見えた。祖母は血色がよく、絹の外套を着ていた。実際にはほぼ同じ年なのだが、田舎女の母方の祖母より十歳ほど若く見える。しかし、文子を本当に浮き浮きさせたのは、金持ちの奥様のような祖母の外見ではなかった。祖母は文子を望んだ。文子に会うため日本に来たのだ。

「お許しいただければ、この子を朝鮮に連れて行きたいのです。私はこの子の叔母夫婦と暮らしているんです。この子の母親から、万一姉妹に子どもがいなかったら、この子を養女にして入れてもいい、と許しを得たんですよ。その後、消息がわからず心配をかけましたが……今でもその約束を守りたいのです」

祖母は弁が達者だった。その点で父は祖母と似ていた。ところで、皆がその空疎な話に惑わされ、重要な事実を忘れていた。あらゆる美辞麗句を並べ立てる父が、事実詐欺師にすぎないことを。

「文一がきくのを捨てて出て行ってしまったと聞いた時、本当に恥ずかしくて胸が痛みました。息子が妻子と縁を切ったつもりでも、私どもは責任を感じます」

理由をどう言おうと、祖母が文子を連れに来たのは、叔母が子どもを持つという希望が失われたためだ。母の実家の家族たちも、母が再婚した状態では、文子にとって祖母と叔母よりいい保護者はいない、と思った。文子が朝鮮に行くことは、両方の家にとって完璧な解決策だった。そして、文子をずっと苦しめていた戸籍問題も、速やかに解決された。文子は一旦、母方の祖母の娘として戸籍に載る。家の体面上、無籍者を養女にするわけにはいかないという祖母の意見によるものだった。

祖母は沢山のプレゼントを文子に渡した。外套と袴と家紋が入った着物、肩掛けと下駄とリボンなど。目を見張った文子に、朝鮮に行けばこんなものはもっとある、と祖母は言った。

「さあ、もう直ぐ朝鮮に行くのだから、その着物を着て近所に挨拶に行って来るんだ」

文子は繻子の帯を締め、赤いリボンで髪を飾った後、学校と近所に別れを言いに出かけた。

「着物がとっても素敵ね！　文子によく似あうよ！」

近所の女たち皆が言った。知らせを聞いて母もやって来た。母は他の誰よりも、文子が叔母の養女になったことを喜んだ。

「この先いつ会えるかわからないから、写真を撮っとくといいんだが」

誰かが母にかけた言葉を聞いた祖母は、得意げに言った。

「写真？　朝鮮に帰ったらすぐに撮って送りますよ。わしの家には月に一回や二回は、写真屋が来ますから」

人びとの口からひとりでにため息が洩れた。この辺りでは特別な日に出張して来る写真屋が、月に一、二回定期的に来るのだとしたら、彼らがすごい地位と財力を持っていることになる。祖母は感嘆した人たちの顔を満足げに眺めながら、直ぐに付け加えて言った。

「でも会えないのもほんのしばらくの間で、小学校を卒業すればすぐに女学校に行かせますよ。そこで成績が良かったら女子大にも入れなきゃならん。そうするのには、やはり東京に寄越さなきゃならんから、いつでも会えるというものですよ」

祖母はぺらぺらと喋り、休みなく身体を動かしながら、数多くのことを約束した。文子を連れて行ったら、嫌なことは何一つ押しつけず、岩下の家族は新しい筆や学用品は勿論のこと、玩具も買ってやる。文子が欲しいものは、何でも与える……。皆は感激して嬉し涙を流した。無論、文子はとても幸せだった。幸せ、幸せ、ずるい笑いと嘘くさい舌にたぶらかされて、しばらく感じた、錯覚の幸せ……。

「どうだい？　遊んでいられていいだろうが」

ニワトリの餌をやりにそこを通った祖母が、口元を歪めて言った。

「おばあさん、もう駄目です。どうか許してください。二度と失敗しないように、怠けないようにしますから！」

文子はあたふたと祖母の後を追い、寒さでかじかんだ手を揉みながら、謝った。しかし、祖母は文子の手を振り払い、急ぎ足で家に入って行った。どんなに絶望的であったことか。文子は氷塊の上にどさっと座り込んだ。地面の冷気が背骨一つひとつを刺しながら、頭のてっぺんまで貫いた。

家族が食事を済ませた後、文子はやっと許された。一日中冷気に無防備にさらされた肌は、板のように固くなっている。こわばった足は、つねっても痛みを感じないくらいだった。空腹で目まいがした。気抜けして箸も握れない。文子は冷たくなったすまし汁に鼻を近づけ、舌を突き出して舐めるように飲んだ。それを見た祖母が、みっともない、と腹を立て、膳の足を蹴飛ばした。汁がこぼれて、しびれた足をすっかり濡らした。それでも文子は泣けなかった。涙さえ凍りついているようだった。

朝鮮はなじみがないところだった。下関で初めて乗った大きな船のように、変化した環境は乗り物酔いを引き起こした。叔父の姓によって岩下家と呼ばれる祖母たちは、鳥致院と大田の間にある芙江という村に住んでいた。父の妹であるカメ叔母さんは、背のすらりと高い、てきぱきしたしっかり者だった。一方、叔父は口数の少ない温厚な男性で、鉄道局で働いていたが、列車脱線事故の責任を取って辞めていた。しかし、鉄道が敷設されたら地価が上がることを知って、あらかじめ山林を買っておいたおかげで、彼らの暮らしは祖母が大言壮語するほどではないものの、余裕がある方だった。

それにもかかわらず、文子は初めから失望を味あわなければならなかった。振袖と絹の帯は期待しない。ただ、普通の子どもたちが着ている程度の服は貰える、と信じていた。約束された玩具は与えられなくてもよかった。しかし、本は持つことはできるだろう、と予想していた。だが、朝鮮に到着した文子を失望させたのは、祖母がした約束の多くが嘘だということではない。文子が新しい家族に最も期待したのは愛だった。失った父母に代わって、自分を愛してくれる人たちが、そこにはいるだろう、と思った。しかし、幸せや愛のようなものは、初めから彼女のものではなかった。

文子が朝鮮に到着してから間もなく、隣家の女性が訪ねて来て、祖母にへつらうように言った。

「あの立派なお子さんは誰ですか？　ああ、本当に利口に見えますよ！」

しかし、祖母は爪の垢ほども嬉しい素振りを見せず、不愛想に答えた。

「なあに、ちょっと知り合いの家の子なんですよ。何しろひどい貧乏人の子なので、行儀作法も知らず、言葉遣いも下品で、こちらが赤面することがあるんですよ。でも、とても可哀想でしてね、つい引き取ってやったんですよ」

祖母の言葉を聞いて、文子はびっくり仰天した。貧しい家の子ということについては、反発する気持ちはなかった。文子も自分がどんなに貧しいかを知っていたから。しかし、なぜ、一体なぜ、祖母は隣人たちに文子が長男の娘、自分の孫娘だ、と言わないのか？　祖母は戸惑う文子に脅すように言った。

「お前はまだ知るまいが、お前とわしらとは戸籍の上で他人となっているのだから、もし本当のことが知れると、お前もお前の親も皆赤い服を着なきゃならんのだよ」

この言葉の意味を完全には理解できなかったが、赤い服を着るということの意味はわかり、その恥ずかしさと恐怖は、文子の口をふさぐには十分だった。文子は誰に対しても、自分が祖母の実の孫である、と決して言わなかった。

不安に覆われた希望は、いとも簡単に消えてしまう。芙江尋常小学校四学年に転入学した文子は、初め岩下の姓で呼ばれていたが、五年生になってから、いつの間にか、母の実家の姓を用い金子文子といわれるようになった。卑しい農家の子どもたちに遅れをとってはならないと、熱心に勉強し優秀賞を取っても、文子は満足しなかった。岩下の家族が、文子は良家の後とりにふさわしくない、と考えたことははっきりしていた。どんなに不幸に鍛えられ、失望と絶望に慣れても、拒まれ見捨てられることは、確かにつらい。

日露戦争以後、朝鮮の内陸部に入り生活し始めた日本人は、京釜線が開設されてから急速に何倍も増えた。芙江に住む日本人の数は、朝鮮人の三分の一に達した。植民地朝鮮に渡って来た日本人の、唯一の目的は金だ。朝鮮人と徹底的に分離された日本人社会には、共同体意識が全くなかった。富を誇示し着飾ることは、本来日本ではひかえることだったが、彼らは自分たちの地位を利用し、傲慢に振舞った。有力者の女性は「奥さん」という敬称で呼ばれていたが、商人と農民と労働者の妻は「おかみさん」と呼ばれた。生活の場まで分けられ、富裕層は北側の丘陵地に、貧困層は南側の平地に集落を作った。祝日や祭りにも互いを招かず、自分たちだけで餡と餅をやり取りした。それも必ず、先方がくれただけの数を、もしくはそれだけの価格のものを返した。祖母はそんな植民地支配者たちの社会に最もふさわしい人間だった。

「わしの家はな、げすの日本人とは格が違うんだからな。子どもを外へおっぽり出して遊ばせるような真似はできないんだよ。無学で育て方も知らず、ああして子どもたちをほっておくんだから！」

祖母は文子を「良家の子女」という枠にはめようとして、近所の子どもたちと遊ばせずに家に閉じ込めた。しかし、闊達で奔放な文子は、その息が詰まる枠に簡単にはめられることはない。それでも繰り返された侮辱と差別は、文子を少しずつ駄目にしていった。

文子は皿一つ壊しただけで、痩せるほど煩悶した。髪が多いためよく櫛を折るので、髪を梳くのにあまり櫛を使わなかった。文子は失敗を隠しておくのはいやだったが、それを直ぐに申し出るのを恐れた。文子は小言や折檻を恐れ、謝る最初の機会を失った。今日言おうか明日言おうか、と悩みながらずるずると日を延ばしていった。そして、文子はひたすら自分の過失を隠すようになる。壊れた丼を紙に包んで箱の底に押し込んで置いたり、折れた櫛を飯粒でくっつけてそっと箱の中に並べて置いたりした。文子は憂鬱な暗い子になった。恐怖と不安と心配で、心はいつも穏やかでなかった。

六学年の夏休みが始まる頃だった。江景で個人病院を経営する男と結婚した、祖母の姪の操が、子どもと一緒に祖母を訪ねて来た。これまであまり行き来がなかったが、彼女は文子のような貧乏人ではなく、岩下家の大歓迎を受けた。

「おやまあ、みいさん! 来るのが大変だったろう。着物が汗でびっしょりじゃないか。脱いで着替えなさいよ」

操は派手な花模様の、夏の着物に金糸で刺繍した帯を締め、金の首飾りと指輪をつけていた。二十四、五歳にしかならない彼女にこうしたけばけばしい装飾は不自然そうだが、とにかく金持ちの女との印象を十分与えた。祖母は操が脱ぎ捨てた着物を一枚一枚丁寧に広げ、日光にあてるため持って行った。近所のおかみさんたちが、水を貰いに来る井戸端からよく見えるところへ。

連れて来た赤ん坊を文子に預け、彼らは板の間に座りスイカを食べながら、言葉を交わしていた。

操は医者の夫のおかげで、江景でいかに裕福に暮らしているかを機嫌よく喋る。祖母は喜んで聞き、祝福の言葉を浴びせながら、岩下家の暮らし向きや芙江における地位について誇らしげに語った。そうした話は、一日や二日で尽きなかった。

ところで、自己顕示とあいづちによる会話も続かなくなった頃、操はふと芙江から十里ほど離れているところに住む友達のことを口にした。

「そんな友達がいるの？　そんなら行っておいでよ。汽車に乗って行けばわけがないんだから」

祖母が元気づけるように言った。

「だけど、この子がいるんでねえ、面倒くさくて」

操はためらいながら、赤ん坊を背負っている文子をじろっと見た。祖母の家に着いてから、操は終始軽蔑するような態度で文子に声もかけなかった。ところが、今彼女は明らかに、子守として文子を連れて行きたかったのだ。それを察した祖母が言った。

「いいじゃないか、坊やは文におんぶさせて行けば」

ああ、嫌だ！　その瞬間、文子は胸の内で叫んだ。蒸し暑いのに赤ん坊を背負って、自分を女王のように思っている女性にくっついて行くなんて……。

「そうですねえ、そうして頂ければ本当に結構ですけれど……。でも、文ちゃんは行ってくれるかしら？」

操は初めて聞く優しい声で、文子の同意を求めた。しかし、文子は返事をためらった。直ぐに、祖母に怒鳴りつけられ懲らしめられるとは思ったが、猛暑の中、子守は本当にしたくなかった。いつもなら祖母から怒鳴りつけられるのに、なぜだか、今日に限って祖母は、むしろ機嫌をとるような態度に見える。そして、操の姿がちょっと見えなくなると直ぐ、小さな声で言葉優しく文子に言った。

「なに、嫌なら嫌とはっきり言えばいいんだよ。嫌なら無理にやらせないよ」

優しい声、頭ごなしに叱りつけるのではない口ぶりに、文子は妙に柔らかい素直な気持ちになった。温かい言葉に飢えていた文子は、今までの恨みをすべて忘れて、祖母の胸にすがりついて泣きたいような気になった。子どもが母親に甘えるような気分で文子ははっきり答えた。

「本当は私、行かなくてもいいんなら行きたくないの」

ところが、これを聞いた祖母は、いきなり癇癪玉を破裂させた。

「何だと？」

その瞬間、祖母は文子の胸倉を捉まえて、小突き回した。不意をくらった文子は、縁側から地べたに仰向けざまに落ちた。祖母は歯をきりきりと言わせながら、罵り始めた。

「何だと！　行きたくないと！　少し優しい言葉をかけてやれば、図にのって直ぐこれだ。行きたくないもあるもあったものじゃない。行くのがあたりまえじゃないか。百姓の鼻たれっ児の子守のくせに。お前が行かなくたって、こっちはちっとも困りゃしないよ。その代わりお前はもう、うちにゃ用はないから出て行ってもらうよ。さあ出て行っておくれ。今直ぐ出て行っておくれ！」

祖母はいつの間にか庭下駄をはいて文子の側に来て、文子をさんざん踏んだり蹴ったりした。そして、文子がぼうっとして庭に倒れている間に、台所から下男用の縁の欠けた木椀を取って来て、文子の懐にねじこんだ。怒りに駆られた祖母の狂態は、これで終わらない。祖母は文子の襟髪をつかんで、地べたをずるずると裏門のところまで引きずっていった。さらに、死んだ獣のようになった文子を、門の外に放り出したかと思うと、荒々しく鍵をかけ、祖母はさっさと庭の方に歩いて行った。

文子は疲れ果て、身体が痛んで指一つ動かすことができなかった。冷たい土が、今は火鉢の底の火を長持ちさせる石のように熱かった。炊事で煮たり焼いたりしてできた傷口がずきずきと痛んだ。しかし、身体より何倍も心が痛む。文子は仰向けに倒れたまままむせび泣いた。しかし、涙には勢いはない。泣いても助けてくれるものはいなかった。

あたりは物寂しかった。誰も通らない。誰も家の中から呼びに来てくれない。このまずっとここにいるわけにはいかない。家に入るのを許して貰うしかない。文子は身体を起こして、よろめきながら塀にそって表門のところまで辿り着き、それから中に入って行った。文子は襷をかけて、汚れている縁側を拭き始めた。祖母はそれを見ると直ぐ作男を呼んで文子の拭いている先を拭かせた。文子は茶碗を洗い始めた。すると祖母がそこに来て、文子を押しのけて自分で洗った。庭を掃き始めると、祖母は何も言わずに文子の手から箒を奪い取ってしまった。

夕方になると、祖母は文子を庭に置いたまま、天婦羅を揚げ始めた。油の香りが焼けつくように、文子の空腹に浸みこんできた。作男の末っ子が何か余り物を貰った笊を返しに来た。

「ああ、いい子だ。いい子にはおいしいものをあげなきゃ」

祖母はその子に天婦羅を二つ三つ与えた。そして文子を見て、肩をすくめて笑った。蛇のような冷たい笑いが、血とあざでむらになった肌にまとわりついた。文子はこっそり家を出た。出ても行き場はない。ふらふら迷って、いつしか朝鮮人の集落に辿り着いた。同じ日本人社会の中でも好き嫌いが激しく冷淡な祖母が、文子が朝鮮人の集落に行ったことを知れば、おそらく腰を抜かすだろうが、岩下の家族は朝鮮人よりもっと遠い存在だった。文子は朝鮮人の共同井戸の水を飲み、ぼんやりと黒い井戸の中を覗いたりした。そこへ知り合いの朝鮮人の女が、野菜をかめに入れて洗いに来た。

「また、おばあさんに叱られたのですか?」

彼女の日本語は下手だったが、口調はとても優しい。文子は黙ってうなずいた。

「かわいそうに! うちへ遊びに来ませんか? あなたと同じ年頃の娘もいますから」

また涙が出てきたが、それは悲しいからでなく、嬉しかったからだった。文子は女の温かい言葉で胸が一杯になり、恥ずかしいにもかかわらず、彼女について行った。

「失礼ですが、お昼ご飯はいただきましたか?」

「いいえ、今日は朝からずっと……」

「そんな! 朝から何も食べていないの?」

母親によく似た娘が驚きの声をあげた。

「まあ、かわいそうに……」

母親は再びこの言葉を繰り返した。

「麦ご飯でよければ、おあがりになりませんか。ご飯は沢山ありますから」

文子はもう我慢できなくて、わっと泣き出した。朝鮮にいた長い七年間で、この時ほど人間の愛というものに感動したことはない。文子は心の中で感謝した。胃から手が出るほどご飯を食べたかった。しかし、文子は女の勧めを断った。女の家は、叔母宅の後ろの崖の上にあった。そこからは叔母の家の中がよく見えた。逆に、叔母の家からもこちらの様子がわかるのでないか、と心配した。朝鮮人に物を貰って食べるような乞食は家には置かれない、と祖母が怒ることを恐れて、文子は空腹を抱えたまま、朝鮮人の家を出た。

また家に戻り、縁側の手をついて謝った。しかし、誰も文子を見ることさえしない。こっそり台所の戸棚を探したが、食べられるようなものは何もなかった。いつもあるはずの砂糖壺すらも。次の日も同じだった。もはや謝ろうとする気持ちもなくなり、だるい身体で寝起きだけを繰り返していた。食事を取らなくなってから二日が過ぎ、空腹さえ感じなくなった。祖母たちが食事をしている場所に行って、額を床につけて謝った。

「私が悪うございました。もうこれからは決して我儘は言いませんから」

真心を込め真剣に詫びて、食べさせてください、と頼んだ。しかし、それも無駄だった。真心は天に通ずるというが、祖母と叔母は天ではなかった。

「今日の魚はいきがいいね。そうじゃないか?」

祖母が叔母に話しかけた。文子の言葉が全く耳に入らないように。彼らにとって文子は、見えも感じもしない存在だった。文子は床に打ち伏してむせび泣いたが、もう涙もろくに出なくなった。壁にもたれたまま、投げ出した足をぼんやりと眺めた。抗うことをやめたので、その観念がとてもあっさりと浮かんできた。死。それだった。死んでしまおう。その方がどんなに楽かもしれない。空腹に対する心配のようなものは、永遠になくなる。犯しもしない罪の許しを求める必要もなくなる。そう思った瞬間、文子は救われたような気がした。文子の身体にも精神にも力がみなぎってきた。萎えた手足がぴんとなった。

まだ時間がある。十二時半の急行はまだ通っていない。そうだ。目をしっかりつぶって飛び込めばいい。が、それにしてもこの格好ではあまりにもみすぼらしい。そこで大急ぎで文子は下着を着替え、単衣とモスリンの帯を取り出して風呂敷に包んだ。急がなければ間に合わない。脇の下に風呂敷包みを隠し持って、文子は裏門から出て、夢中で走った。踏切近くの土手で服を着替え、脱いだ着物を風呂敷で包んで草叢に隠して、汽車を待った。

しかし、汽車は来なかった。いくら待っても来なかった。やっと文子は、汽車がもう通過したことに気づいた。それを知ると文子は、今にも誰かに追跡され、捉えられるのではないか、と思って気が気でなかった。

——どうしようか……。どうすればいいのか……。

澄み切った頭の働きは敏速だった。

——白川へ！　あの底知れぬ青い川底へ……。

文子は踏切を突っ切って駆け出した。土手や並木や高粱畑の陰を伝って、白川の淵のある旧市場の方へ一気に走った。淵のあたりは、静かで人の気配一つない。幸せだった。文子はほっと一息をついて、砂利の上に手足を伸ばして寝そべった。

心臓の鼓動がおさまると、文子はすっく起き上がり、砂利を袂の中に入れ始めた。その石が滑り出そうだったので、メリンスの腰巻を外して、地上に広げて石をその中に入れた。それからそれをくるくる巻いて腰に縛りつけた。用意はできた。文子は岸の柳の木につかまって、淵の中をそっと覗いてみた。淵の水は青黒く、油のようによどんでいた。じっと見つめていた文子は、一瞬、伝説の中の竜を思い浮かべた。死そのものよりも、落ちてくる自分を水中で待っている竜に対する恐怖が、文子を不安にした。足がぶるぶると震え始める。

まさにその時だった。頭の上でじいじいと蝉が鳴きだした。頭を上げると、陽光が溢れていて、それが痛くて悲しく疲れた心を温かくくるんだ。何という美しい自然であろう。何という平和な静けさであろう。青々とした草の色、溢れ出る夏の光の騒がしいほどの歓呼。奇妙だった。あれほど切に願った死が迫った途端、生きようとする未練が芽生えた。過ぎ去った日々に会ったすべての人たち、母と父と弟と友の顔が浮かんできた。突然、心の深いところで疑問が湧いた。これで祖母や叔母の無情や冷酷さから逃れられる。けれど、この世にはそれと異なるものがもう一つあるのではないか？　無数の美しいもの、愛すべきものが。

——もし私がここで死んだら、祖母たちは、私が何のために死んだと言うだろうか？　彼らは好き放題に言うはずだ。しかし、私はもうそれを否定することも、潔白を主張することもできないのだ……。今死んでは駄目だ。こんな風に死ぬことはできない。そうだ。私は復讐しなければならない。私を苦しめた人たちに復讐しなければならない。

文子は柳に寄りかかった身体を起こした。そして、袂と腰巻から石を取り出し、一つ二つと川に投げ捨てた。悲しみが、悲しさが、だが放棄できない、生きるという意志が、小さく大きい同心円を描き、水の中に沈んだ。自殺の試みは失敗に終わったが、文子は悲しくなかった。暗くて陰鬱な光であっても、苦しみを耐え抜く力となる、一筋の光を得た。復讐、復讐だ！　その日から文子の胸の深部には、憤怒の角を逆立てた悪魔が住むようになった。文子はもう子どもでない。

傷ついた悲しい民族

路地の奥行きが深い。一度入り込んだら簡単に脱出できない洞窟の道のように、暗くて遠い。その道の曲がり角はそれぞれ怖い感じがする。今直ぐにも物言わぬ何かが飛び出して、襟首をつかみそうだ。

「不逞鮮人！　お前をとうとう捉まえたぞ！」

警棒を握った巡査が走り出て、脇に抱えた鞄をひったくった。

「駄目だ！　これは駄目だ！」

奪われまいとして必死になったが、取り返すことはできなかった。いつの間にか巡査の顔は、寄宿舎の舎監の顔に変わり、毒気をはあはあと吹き出した。

「この野郎！　ここで何をしている？」

舎監は部屋の戸を蹴飛ばして入って来て、いきなり横っ面を殴り始めた。左頬、右頬、また左頬、右頬。厚ぼったい掌が柔らかい頬に強くぶつかり、リズムをとった。バシッ、バシッ、バシッ。呻くまいとして歯を食いしばったことを、可愛げなく憎たらしいと思った舎監は、体罰をなかなかやめようとしなかった。

「なぜ、朝礼に出ないで休んでいるんだ？　何か良からぬことを考えているのか？」

わからないので訊くのか？　毎朝運動場で行われる朝礼が教育的な行事でなく、政治的宣伝の場になってから久しい。制服を着て日本刀を下げた教師たちだけで足りず、腰に拳銃をつけた刑事や総督府の役人までがやって来て、唾を飛ばしながら演説した。感動なんて到底できない言葉を、故障した蓄音機のように繰り返す。

「大日本帝国は神の加護を受けた国で、世界のどの国よりも優れている！　従って、我々は天皇陛下を中心に渾然一体とならなければならない！　未来の教員である学生諸君は、輝かしい大日本帝国建設に邁進する臣民を育成するため、最善の努力をしなければならないのだ！」

背後には、北岳山が一際高くそびえていた。左右には、仁王山と駱山が屏風のように広がり、遠くには北漢山と南山が向かい合っていた。山川は変わらないが、人間世界は無常だった。徳寿宮、景福宮、昌徳宮と昌慶宮……一時堂々と威勢を誇った宮殿ががらんとした廃屋となって並んでいる。その閑散とした光景の中で支配国の賛歌を聞くことは、悲しく無惨だった。父母を喪った孤児ではない。国がなくなってさまよう人民は、骨の髄まで寂しく悲しい孤児だった。

頬を打たれる程度のことは、十八歳の朴烈にとって大したことではなかった。彼は既に少年から青年になっていた。しかし、植民地の隷属民は、社会的に永久に成長できない。だから、日本人の舎監に幼児扱いされ、「愛の鞭」と美化された、悪意のある打擲を受けることになるのだ。

二十回打たれたか、三十回打たれたか。ついに、叩くことに疲れた舎監は、腕をぐるぐる回しながら部屋を出て行った。ううう……朴烈はこらえていた涙をようやく流した。痛ければむしろよかった。腫れあがった頬を両手で挟み、朴烈は憤りと恨みを晴らす術がなく、奥歯を食いしばって声を殺してむせび泣いた。

むせび泣きながら悟った。窓外は夜明けの光でぼんやりと明るくなってきている。昨晩遅く朴昌秀(パクチャンス)の下宿から帰って来た朴魯英(パクノヨン)が、いびきをかいてまだ寝入っていた。まさに今日が決戦の日だ。

——とても緊張している。夢は覚めてる時と逆ではないのか？

昨晩の悪い夢が気になった。机の下に大事にしまっていた包みを、朴烈は取り出した。慎重に結び目をほどいたが、「独立宣言書」という五文字が匕首のように目に刺さった。

「我等は茲に我朝鮮が独立国であることと朝鮮人が自主の民であることを宣言する」

京城の各学校の学生代表が密かに集まりデモを計画したのは、今年一月のことだ。朴烈が通う京城第二高等普通学校でも、朴快仁(パクケイン)と金白平(キムペクヒョン)が代表として会議に参加した。デモの準備中、国内の指導者たちと連絡がつき、独自の行動計画は修正された。高宗の国葬日を二日後に控えた三月一日、パゴダ公園に集結して、大規模な大衆デモを繰り広げるのだ。

計画が立てられたのだから、行動は最大限迅速でなければならない。京城第二高等普通学校代表として宣言書二百枚を受け取った金白平は、朴昌秀の下宿に朴魯英と朴快仁を呼んで、細かい計画を話し合った。三月一日正午に学生たちを集め、抗議行動に参加することを伝える。予想できない事態が起こることに備え、教室の入り口を警備することも忘れない。そして、午後一時頃、全学生を率いてパゴダ公園に向かって行進する！

「君がこのデモの行動隊になってくれ」

朴魯英が朴烈にこっそりと頼んだ。普段は物静かで石のように重々しい印象を受けるが、一旦行動するとなると、誰よりも向こう見ずで献身的な彼の性格を知っていたからだ。

「わかった！　僕ができることなら喜んでやるぞ」

朴烈は快諾した。最近、朴烈は理想と現実、思想と行動の問題について深く悩んでいた。間もなく師範科を卒業し、教師になるつもりだった。しかし、後進を養成するという気持ちはだんだんなくなっていった。帝国主義者たちの犬になって、植民地の奴隷を先頭に立って教える、そんなことはできない、と考えるようになる。

京城に学びに来てから四年経った。家族や親族、故郷の人たちに期待され、秀才たちが集まる京城第二高等普通学校師範科に入学した。しかし、朴烈は誇りを持って、バッジをつけた胸を突き出して通りを闊歩することはできなかった。家が貧しかったからだったが、日本政府の官費で学ぶのは恥ずかしい、と思っていた。

それに加えて、教育課程にもとても失望した。朝鮮人の秀才たちを教える内容が、たかだか日本人の実業教育の水準だった。レベルが低く、帝国臣民化教育と愚民化教育が繰り返された。科目は日本語普及のため、日本歴史や地理でかためられ、英語や商業を習うことは初めから禁止されている。また朝鮮人の高等普通学校は日本人の中学校と、制度上差別されていた。朝鮮人には、上級学校進学と高等専門学校の教育を受ける道が全く閉ざされていた。

息が詰まる。学校内でさえ、絶え間なく監視された。学校側は学生たちの校外活動と校内での集団活動を厳しく制限し、思想的に統制した。朝鮮人の敵愾心や競争心を根絶しようと、運動会での団体競技まで禁止した。リレー競技と綱引きさえできない。だから、私立学校の学生たちに「完全な日本人野郎」と嘲笑されても仕方なかった。朴烈はだんだん学校に興味を失っていった。

——帝国主義者たちが掌握した学校では、自分が心から学びたいと思っていることを学ぶことはできない。そうした学びをやめることはできないのか？ 見つけて進んで行け。これからは社会が私の学校だ！

朴烈は学校側の目を避け、キリスト教会の講演会に参加した。相対的に自由な宗教集会では、朝鮮人の講師と西洋人の牧師が反語と隠語を使って、人間の自由と平等と独立について説いた。反語と隠語は、弱い立場にいる人間の抵抗手段だ。授業時間に教師が気付かないように、「国家」を「穀価」と読んだり、「我が国」を「我が食うに」と読むことも、そうだった。第一次世界大戦に参戦する日本軍を見送るため停留所に強制動員された時は、「万歳」と叫ぶ代わりに同じ音に聞こえる「亡歳」と叫んだ。消極的で幼稚な方法であったが、そうした反抗を通して重苦しい胸を、少しではあるものの晴らすことができた。

学校の科目の他に早稲田大学の英語の講義録を学び始めたのも、その時からだ。新しいことを学ぶことにかけては、朴烈は貪欲だった。木下尚江、夏目漱石、小川未明、竹腰与三郎、黒岩涙香などの著書を手当たり次第に読んだ。早稲田大学の政治、経済、商業に関する講義録は、狭い植民地朝鮮に閉じ込められた朴烈の視野を世界に広げてくれた。

公立学校の日本人教師たちの多くはひどく低い水準だったが、すべてのことには例外がある。新学期に新しく着任した、心理学の担当教師は、日本の高等師範学校を卒業したばかりの若い教師だった。

「君たちは幸徳秋水という名を聞いたことがあるか？」

若い教師は教科書を教える代わりに、聞いたことがない名前を口にした。彼の声にこもった熱気に、学生たちは戸惑って目をきょろきょろさせた。

「彼は何年か前、いわゆる大逆事件で死刑になった十二人の無政府主義者の一人だった。平民主義、社会主義、平和主義を掲げて言論活動と組織運動を展開した幸徳は、爆弾で明治天皇を暗殺しようとしたとして罪に問われ、判決が出てから僅か一週間後に処刑された。幸徳は社会主義運動を批判して、日本に無政府主義を紹介した最初の人物だ」

平民主義、社会主義、無政府主義……すべて初めて聞く用語だったが、それは不穏な空気を醸し出していた。息を殺して教師の一言一言に耳を傾けていた朴烈は、固唾をのんだ。

「天皇は生きている神である。太陽神の直系の子孫である……これを信じるか？　本当に信じて崇拝するのか？　今のような科学の時代に、こんな神話と伝説が果たしていつまで通用するのか？」

教師は蒼白な額に垂れ落ちる縮れ毛をかき上げながら、首を左右に振った。教師が口にした、禁忌の言葉に、朴烈は不安と同時に魅惑を感じた。こんなことを話す日本人は初めてだ。初めて正直な日本人を見たことになる。そうした朴烈の心を読んだかのように、教師が低い声で呟いた。

「私は日本人を見たことがない……！」

衝撃を受けた学生たちは、驚いて目を丸くした。教室には一時、冷たい静寂が流れた。

「私は日本人になり……日本人であるよりは世界人でありたい。国境の壁を越えて、自由で平和な世界市民になるということだ。君たちはどんな人間になりたいんだ？」

若い教師は、ロマンチックな夢想家かもしれない。いや、幸徳事件以後「冬の時代」に入ってしまった日本の社会運動の、挫折した「主義者」かも。いずれにせよ、彼の望みは現実から排斥されるものだ。監視の目と耳はどこにもあった。最初高等官として朝鮮に赴任した教師は、早速判任官に降格された。そして、ついには専門と全く関係のない唱歌担当に変えられてしまった。時々音楽室を通ると、オルガンの鍵盤をゆっくりと叩き、悲しげなテンポが遅い音楽を練習する教師を見ることができた。教師が教える唱歌は、葬送曲のようにもの悲しく憂鬱だった。しかし、それは教師が理解できることではなかった。自分が発した言葉が、鋭敏で反抗的な植民地の少年にどんなに大きな影響を及ぼしたことかを。

「大韓独立万歳！」

「大韓独立万歳！　万歳！　万歳！」

校門が開いた。学生たちが肩を組み、溢れ出て来た。彼らは声を限り万歳を叫んで、パゴダ公園に向かって駆け出し始めた。手に手に太極旗を持つ群衆と、熱狂的に万歳を叫び合流した。瞬く間に通りは、数十万の群衆でぎっしりと埋まる。朴烈は朴魯英と一緒に、パゴダ公園に向かって行く学生たちの行列の先頭に立った。彼らの鞄には本とノートの代わりに、昨晩密かに受け取った独立宣言書が入っていた。

「パゴダ公園に行くんだ。そこで独立宣言書が発表されるのだ！」

朴烈は仁寺洞、楽園洞、寛勲洞一帯を人波をぬって進み、通行人に独立宣言書を配って歩いた。その年の春は、花が満開になった。国を失ってから十年ばかりなって初めて、春らしい春、まばゆい自由の春がやって来たのだ。

三月一日に始まった示威運動は、日本帝国主義の弾圧にもかかわらず、全国に広がって行く。連日街頭闘争が続き、ところどころでデモ隊は警官隊と衝突した。一日も欠けることなく示威運動に参加した朴烈は、宣伝活動の重要性に特に注目した。通信施設が十分に発達しておらず、情報が途切れている状況では、独立を宣言した事実を広く知らせることが急がれた。天道教の団体が作った朝鮮独立新聞を受け取り、朴烈は家々に配って歩いた。足がむくみ、口から高熱の時に発生するような臭いが出るまで、走り回った。五千部に達する印刷物が民家に投げ入れられた。朝鮮独立新聞と警告文、檄文などが九号まで発行され、京城市内全域に配られた。

京城第二高等普通学校だけでなく、京城のすべての学校が休校になった。三月下旬まで及んだ万歳運動の先頭に立った学生たちが、続々と故郷に帰り始めた。彼らは地域の人たちと一緒になって、大韓市場と村の入り口で示威運動を主導した。この後全国の津々浦々で老若男女が一つになって、大韓独立万歳の声をとどろかせた。しかし、このように運動が広がって行くと、犠牲者が生まれる。示威運動に参加した学生たちが一人二人と日本の警察に逮捕された、というニュースが聞こえてきた。主導者を逮捕しようとする警察の包囲網も徐々に狭められた。

四月は残忍でもあり、恍惚ともしていた。群衆の加勢と応援の熱気が激しければ激しいほど、これを鎮圧しようとする日本帝国主義のあがきもすさまじいものだった。全国で七千五百名が殺害された。一万六千名が負傷し、四万七千名が逮捕された。血の花が咲く。土が赤く染まる。警察の追跡を避けて故郷に帰った朴烈の耳にも、友人たちの逮捕のニュースが相次いで聞こえてきた。

「獣のようなことが、いや獣でもできないことがなされた。不逞鮮人の血を絶やそうと、示威運動の参加者を酷く拷問したのだ。舌を切り、全身に電気を通した。女たちは陰毛を抜かれ、子宮に蒸気を通され、男たちは陰茎にこよりをねじ込まれた。こうした残酷な仕打ちを受けた人たちは、結局どうなるのか？　死ぬか、生きるとしても障害者になってしまうかだ」

ぱあっと咲いた花も時間が経てば枯れてしまう。ところが、満開の前に風が吹きすさんだため、蕾のまま落ちてしまった。熱望は非常に深かったが、組織と力量が不足した万歳運動の熱気は、五月になると徐々に小康状態になった。信じたからこそ、失ったものも多かった。失ったからこそ、また補わなければならないものも多い。

学校は依然として休校になっていた。それでも、いつしか学校は再開したのだが、朴烈はもう学校には行こうとは思わなかった。日本帝国主義の無慈悲な暴力と弾圧と殺戮が染みついた場所には、どんなにか歪んだ花が咲いて出るかわからない。それは奇形的になり巧妙になるのだ。犠牲者たちの血をたっぷりと吸った、奇怪で濃艶なものだ。人びとはたやすく血の花に幻惑される。血の香りと蜜に酔った人びとが顔を背ける間、取り締まりと弾圧は一層苛烈になるのだ。

朴烈は朝鮮を離れることに決めた。一度捕まったらおしまいになる地では、永続的な独立運動はできない。多くの独立運動家と青年学生と農民たちが、既に離れていた。上海へ、満州へ、沿海州へ……独立運動の根拠地を探して離れて行った。朴烈は日本に行くことにした。虎を捕まえるため、虎の穴に入ろうとした。そう決心したが、たとえ学校をやめたとしても勉強は最後まで続けたい、という熱望も消えていなかった。しかし、朴烈の日本行きは、地位が高い者や金持ちの子弟の間で流行していた「東京留学」ではなかった。

「どうすればいいんだ？　我が家の暮らし向きでは、お金を送ってやることもできない。どうすることも……」

「お母さん、お兄さん、心配しないでください。どうなろうと人間として生きて行こうとすれば、どんな方法を探してでも生活するようになるのではないでしょうか？　金銭や富を求めるのではなく、必死に学んで、子どもたちを教育するつもりです。僕を信じてください」

昨春の記憶がおぼろげになっている十月のある日、朴烈は京城駅から釜山に向け出発した。下関行きの関釜連絡船は、日本と朝鮮の間を結ぶ唯一の交通手段だった。いつの間にかその海には、玄界灘という名がつけられた。青黒く荒れた海という意味だった。沢山の人が渡って行く怨恨の航路、血の涙の海。

しかし、船べりに立ちゆらゆら揺れる波を眺めている朴烈の表情は、淡々として穏やかだった。よくはわからない熱情と衝動にとらわれ浮ついていた、不安な少年期は過ぎた。今青年は、その不安さえも踏みつけ前進するのだ。険しい道だろうが、決して恐れない。彼はもう子どもではなかった。

空の下最も重いもの

処女を失ったのは十七歳の夏だった。

大雨が降り注ぐ日だった。暑いじめじめした大気をかきわけて汽車が塩山駅に着いたのは、午後二時を少し過ぎた時だった。鉄の塊の不規則な揺れで、ずっと乗り物酔いに苦しんでいた文子は、蒼白な顔で汽車から降りた。一緒に降りた乗客たちは出迎えに来た人びとと会い、ともに雨傘に入り次々と消えて行く。しかし、文子は周囲をきょろきょろと見回すことさえせず、しょんぼりと待合室の椅子に座っていた。誰も出迎えに来ないことはわかっていた。ただの雨でなく台風が来たとしても、文子を待つ人はいない。

祖母を追って行った、十歳頃の分別がない女の子は、十七歳の娘になって帰って来た。朝鮮で過ごした七年間は、死のようにはるかに遠い。いや、死ぬしかない生活で、身も心もすべてぼろぼろだった。これ以上利用価値がないという理由で、彼らは彼女を簡単に追い出した。貯金の残りをそっくりはたいて買った、くすんだ碁盤目模様の着物を着て、古い柳行李を一つ持っただけで、文子は日本に帰って来た。

祖母の家を離れたことは恥ずかしいことであったが、文子はしばらく幸せだった。しかし、帰って来た、この地にも故郷はなかった。仲が悪く争いが絶えない母の実家、その後また結婚に失敗し次々と男を変える母、そして母の妹と家を出て十年も前に捨てた子どもに対して改めて所有権を主張する父まで。どこにも疲れた心と体を休ませてくれるところはない。

「わしは今まで、お前には何もしてやらなかったが、それを何とも思っていなかったのではない。実際、どうにもできなかったんだ。だが、今わしにも多少のゆとりができた。それで、浜松のわしの家にお前を連れて行き、何かしてやりたいと思う。どうだ、文、父さんについて来ないか？」

父が好きだったわけでも信じていたわけでもなかったが、結局、何もする気がない無気力状態で、文子は父について行った。思春期の少女が田舎より都会に憧れるのは自然なことだ。しかし、浜松の父の家に到着した夜、文子は父の目論見が何であるかを知らされることになった。

「文は言うなら……。そうとも……元栄と口づけしたんだから……文さえ……」

疲れてだるくて眠り込んでいた文子は、父と叔母が話す声を夢うつつで聞いた。

「元栄はまだ慧林寺の住職でないが、しっかり務めたらその座を任されるのははっきりしている。そうだとすれば、寺の財産と収入で楽に暮らしていける」

父は文子を連れて、望月庵の僧侶になっている、母方の一番下の叔父に会った。幼くして出家したその叔父が、思春期に悩み苦しみ、僧服をずたずたに破り捨て逃げ出した時に、父は寝食を提供し助けたのだ。父と叔父は、過ぎし日を酒の肴に飲み明かした。その時の話に文子の名が出たのだった。

「隠居のおばあさんの話では、文子は朝鮮から帰ってきた日の夜に、円光寺の千代という娘と一緒に元栄の所に泊ったそうだ。それからほとんど毎日元栄に会いに望月庵に通ったということだ。どうもあいつは元栄に惚れているに違いない……」

暗い部屋に一人いながら、その言葉を聞いて文子は顔を赤らめた。思いもよらないことだ。元栄は文子の叔父だ。文子は行くところがないので、庵に立ち寄っただけだ。父は上機嫌な声でさらに言う。

「そこでわしは単刀直入に、一気に元栄にもちかけたんだ。どうだ。お前、文子を嫁に貰わないかとね。すると元栄は、一も二もなく承知したよ。あの寺に文子をやっておきさえすれば、この先喰いっぱぐれはないし、第一、こちらの都合もいい……」

父は文子を、叔父に嫁がせようとしている。いや、既にその約束をしてきたのだ。寺の財産を狙って、奴隷として文子を売ったのだ。それは何と残酷でいやらしいことであるのか? 父だけでなく仏門に入っている叔父も獣以下だ。

雨が降る中で、つらい記憶がちらちらと浮かんだ。文子は力なく両腕を下げたまま、雨がやむのを待った。しかし、強風をともなって降りしきる雨は、なかなかやみそうにない。その時、駅の近くで田原という男と暮らしている母の姿が、不意に浮かんだ。重い身体をやっとのことで起こした。母の家は駅から三、四町しか離れていない。とにかく母の家に行って傘を借りようと決めた。道端に立つ家の軒下をつたって、文子は用心深く足を運んだ。

しかし、文子は、母には子がないということにしてあると聞かされていたので、大っぴらに母を訪ねて行くわけにはいかない。文子はただ、母の姿を家の外で見出す機会を待つしかなかった。そこで文子は、母の家の高い生垣の陰に隠れて、雨を避けているふりをしながら、しばらく家の中の様子をうかがった。お茶時のようだった。微かな茶の香りとともに、母とその家の娘の笑い声が聞こえてきた。文子はとても悲しい気持ちになった。生垣の隙間から文子は家の中を覗いたが、雨のせいで何も見ることができなかった。雨がまたひどくなってきた。文子は中に入ることも引き返すこともできない。

「どなたですか？」

丁度その時、膝が抜けた股引をはき菅笠をかぶった農夫が、肥桶をかついでやって来て文子を見つけた。彼が田原に違いない。

「あの、すいません。あの……あの、お宅のおかみさん……おかみさんはおいででしょうか？」

田原は文子をうさんくさそうに眺めながら、返事もせずにさっさと裏口から家の中に入ってしまった。早速家の中から、彼の喉がからからになった声が、雨の音に重なって聞こえてきた。何を話しているのだろうか？　おかしな女の子が家をしきりに覗いている。それを怪しがって家の者が出て来たら、どうしたらいいだろうか？

仕方がない。文子はまた塩山駅の待合室まで戻った。服はびっしょり濡れて、胸はむかむかする。悲しみとうんざりした気分が混ざったまま、激しくこみあげてきた。文子は汽車の中で食べたミカンを吐き出し、ベンチに横になった。意志薄弱な母が嫌だった。貪欲で虚勢を張る冷たい父が憎かった。一時の火遊びに過ぎない関係の結果、この世に生まれた自分という存在が嫌だった。

「文子……お前、文子じゃないか？」

その時誰かが近づいて来て、文子の名を呼んだ。目を開けると、帰国の挨拶のため母の末の妹を訪ねた時に会った男が、じっと文子を見おろしていた。

「文子さん、どうしたんだ？　汽車に酔ったのか？　身体の具合が悪いのかい？」

「ええ、汽車に酔ったうえに、雨でずぶ濡れになってしまったものだから」

「そりゃいかん。ちょっと待って」

どこかに行って帰って来た彼の手には、臭いがきつい丸薬である仁丹がのっていた。文子は仁丹があまり好きでなかったが、そうした親切な行為の手前上、有り難く礼を言い、仁丹を口に入れた。彼は文子の側にかけて、肩と背をさする。しばらく経つと文子は大分気持ちがよくなった。それに雨も小降りになってきたようだ。

「有り難うございます。もう大丈夫です。そろそろ帰りましょう」

文子は急いで身の回りをつくろい始めた。雨が降る日は早く暮れる。

「傘がないな、文子さん」

彼が驚いたように尋ねた。文子は彼に、母の家に行って傘を借りようとしたが、中に入れなかったことを打ち明けた。とにかく彼は親戚ではないか。その上文子は、母の今の様子について彼に訊くことまでした。

「この頃は母さん落ち着いているかしら」

「ああ、最近は折り合いがいいという話だ。母さんのところへはどうしても行けないだろ。近所で傘を借りてやるから、一緒に行こう」

　彼は文子を連れて待合室を出て、駅前から少し離れたところにある、小料理屋のような家に向かった。文子を外に待たせて、そこのおかみと何か一言二言話してから、文子を呼んだ。おかみが文子に言った。

「まあお上がんなさい。上がって少し休んでいらっしゃい」

　彼は靴を脱いで家の中に入り、大股で二階に上がって行った。文子は仕方なく彼について行った。赤い襷をかけた小娘が、座布団と煙草盆を持って上がって来た。何でこんなことをするのだろう？

　文子は何が何だかわからない。

「ねえ、早く傘を借りてくださいな。今直ぐ帰らないと、日が暮れてしまうわ」

　彼は文子の催促を無視して、煙草を吸い始めた。

「ああ、傘は直ぐ借りてやるよ。お腹が減っていると思って、天婦羅を注文しておいたよ」

「いいえ、私お腹なんかすいていません。それにまだ胸が悪いんです」

「心配するなって。日が長いんだから」

　本当に胸が悪かったが、文子は申し訳に天婦羅にちょっと箸をつけた。やがて彼は食べ終わった。そこで文子は、また傘を借りてくれるよう催促した。彼はわかったと生返事して、楊枝で歯をつつきながら立ち上がり、障子を少し開けて外を見た。

「いい案配に雨がやんだようだな」

「雨がやみましたって？　ああ嬉しい、どれ……」

文子が立ち上がって外を見ようとした。その途端！　文子は突然くらっと目まいがした。吐き気の末、生臭い食べ物が食道を通り上がってきた。ああ、だまされた！　文子はしきりにもがいた。悪魔のような奴！　文子は傷ついた獣のように、暗くて狭い泥沼にはまりこんだ。文子は人違いしていた。一番下の叔母の義弟ではなく、近所の家に風呂を貰いに行って会ったことのある男だったのだ。うぶな田舎娘の錯覚が、取り返すことができない結果を生んだ。誰にも守られない、純真で天真爛漫な人間は、飢えた猛獣の餌になる。

その面識がない悪魔とそっくりの姿で、元栄が文子の身体をぐっと押さえつけ襲って来た。両腕を一つに合わせて頭上に押し上げ、袴の間に膝を押し入れながら、乱暴に入り込んで来る。腕を縛られて抵抗できなかったが、動けずにいたその渦中でもっと気になったのが、ばりばりと縫い目がほどける音だった。着物を破って叱られるだろう、ととても心配になった。いや、駄目という声を出しもしなかった。いや駄目、と言って鞭で打たれ蔵に閉じ込められたことを、鮮明に記憶していた。悪い記憶にとらわれた瞬間、気力がなくなり抵抗する力を失ってしまった。バリバリと食べられて、肩の背縫いだけが残る。串縫いでまばらに縫ったように、まだか細くて恥ずかしい身体、継ぎはぎだらけの傷ついた心が、手の下でずたずたに引き裂かれた。

文子は目を閉じる。真っ赤に熱くなった男の身体に組み敷かれ、しきりにばたついている、萎んだ大根のような足を見るのが嫌で、ぎゅっと目をつぶってしまった。激しく息をして、歯を食いしばっても洩れ出てくる呻き声を聞くのが嫌で、耳をふさいでしまった。何も考えられない。今自分を犯している男が誰であるのか、どうしようもなくされるがままの自分が誰であるのか、知りたくもなく頭を真っ白にしてしまった。しかし、どんなに目を閉じ、耳をふさぎ、考えまいとしても、逃れることはできない。消そう消そうとしても存在は消えない。最後の瞬間を迎えた男の身体が、緊張と興奮ではね上がり、たちまち倒れ込んだ。重い。もうこれ以上持ちこたえられない。空の下最も重いもの、それは生きることだった。

父は文子を実科女学校に入れた。僧侶の妻に最も大切なものが裁縫だ、と聞いたためだ。しかし、文子は地獄で過ごしたようなその夏以後、すべてのことに意欲をなくし、馬鹿のようにいつもぼうっとしていた。こんな形の結婚に、良いことがあるのか、それとも悪いことがあるのか、それさえ感じられなかった。

苦しくて寂しい時に、文子の唯一の友になるのが本だった。しかし、祖母がそうであったように、母も文子が本を読むのを嫌った。文子が講演会にでも行こうとしたら、父は怒って大声を張り上げた。

「馬鹿めが！　お前は女じゃないか！　お前は世間とはどんなものかわかっていない。街で男が女に道を尋ねただけで、世間の連中はその女を色眼鏡で見るんだ。そして、女が一度そんな噂を立てられたら、それでおしまいだ。だから、お前には好き勝手に飛び歩ける自由なんてない。わしの保護下にあるんだ。わしはそんなことを許さないぞ」

最後の慰めさえも奪われた文子が、反抗心で沸き立つのは当然のことだ。父は当時新聞記者をしていた。しかし、高い骨董品だと言い張る古道具屋から買って来た花瓶のように、他人に見せびらかそうと玄関に積み重ねておいた、法律書と夜店で長い間さらされていた英和辞典のように、父は偽物だった。新聞記者を看板にして恐喝するごろつきだった。

――本当にそれで下劣な人格と空っぽの頭を隠せる、と父は本当に信じているのだろうか？　なぜ父は、嘘が通用すると思っているのだろうか？　なぜ父は、外見だけを重んじるのだろうか？

父はいつもそうだったように、無価値の遊び人にすぎなかったが、家ではさも立派な人格者のように、道徳めいたことを口やかましく言うのだった。年を取るにつれて父は、だんだん迷信深くなっていく。毎朝、祭ってある稲荷と荒神さまに向かって熱心に礼拝し、佐伯家の家系図に頭を下げた。そして、洗脳された弟の賢俊だけでなく、一度も佐伯の名で暮らしたことのない文子も、家系図を拝ませられた。父にとって文子は、卑しくて恥知らずの生意気で無価値の子にすぎなかった。

しかし、無力感にとらわれたその時でさえ、文子は自分の本当の目標と希望を捨てていなかった。それは単純ながらも大きいものだ。あらゆる種類の本を読み、あらゆる種類の知識を獲得し、充実した人生を生きたかった。悩んだ末、女子師範に入り、教師になることが最善だ、との結論をくだした。経済的に独立すれば、少しずつ好きなことを学ぶことができる。女子師範に行き奨学金を貰えば、家族の負担も少なくすることができる。奨学金で足りないところは、元栄叔父に頼もう。どうみても彼は、文子を世話できる唯一の人間だ。

しかし、試験を受ける前につまずいてしまった。ある日、元栄が突然訪ねて来た。元栄は文子を見ても知らん顔をして、父と酒を飲み始めた。漠然とだが、すごく悪い予感がして、文子は神経をとがらせ、彼らの会話を必死に盗み聞こうとする。しかし、何も聞くことができなかった。話がすむと、元栄は泊まらずに帰った。玄関まで見送った文子に、元栄は熱くなったような低い声で言った。

「何もかもお父さんに話してあるから。後でよく聞いておくれ」

後頭部に刺すような焼くような視線を感じた。父がふくれた顔をして、文子をにらんでいた。そして、戸が閉まるやいなや、憤怒の声でわめいた。

「この畜生め！　この売女め！」

父が文子の肩を蹴飛ばした。不意を打たれた文子は、その場に横倒しになった。

「よくもそんなふざけた真似をしやがったな。よくもこの俺の顔に泥を塗ったな。朝鮮からかえされたのも、大方そんなことのためだったんだろう。そうだ、そうに違いない。よし、勝手にしやがれ！」

「何をです？　私が何をしたんです？」

「お前は今、私が何をしたんです、と言ったな？　わかったか！　わからんか！　胸に手を当てて考えてみろ。わからなければわからしてやろう」

父は叫びながら、文子の足を蹴飛ばした。ふらふらして立ち上がった文子は、またのけぞって倒れた。

「お父さん、何をするんです！　およしなさいよ！　およしないさいってば」

叔母が台所から駆け出して来て、かばうように文子に覆いかぶさった。怒鳴り声を出し荒れ狂った父は、身じろぎもしない叔母を罵り家を出た。酒をもっと飲むため出かけたに違いない。その時初めて、文子は叔母から一部始終を聞くことができた。

「もともとお父さんが悪いんだよ。叔父と姪を夫婦にするなんて、そんな道にないことをするなんて。お父さんはただ、元栄の寺の財産をあてにして勝手に決めたんだよ。それがうまくいかなくて怒ったんだ。お前のせいにしてもね？　怒る方が間違っているよ」

「うまくいかなかったってどういうこと？」

「元栄はお前との夫婦約束を取り消しに来たってわけさ。何でもお前が不良少年と手紙のやり取りをしたとか、夜遊びをしたとか、そういったごたくを並べ立ててねえ」

叔母は同情するように、舌打ちしながら言った。依然としてよくわからず面食らいながら、文子はいつか元栄が語っていたことを思い出した。

「お前とお前の父が立ち寄ってから二週間ほど後に、千代が水島という友だちを連れて来て、寺に一晩泊まった。水島はとてもきれいだった！　千代より段違いにきれいだった。水島には、一六、七歳になる妹がいると聞いて、たまらなくなった。数日後寺を出て東京に行き、その妹を探して会って見た。ところがどうしたことか？　妹は背が低くて色が黒い、ごく普通の女の子だった。僕は本当に馬鹿を見た気分だったよ！」

元栄は宗教的な理由ではなく、ただ安楽な暮らしをしたいために僧侶になった人間だ。それで僧侶の戒律なんてものは無視して、絶えず女たちと遊んでいた。円光寺の千代が元栄の長い間の恋人だ、と知っていた。朝鮮から帰って来たその日に寺に泊った時、ぐっすり眠っていた文子の横で、二人が勝手な真似をして楽しんでいたことも。しかし、文子と夫婦約束をしてから二週間しか経たないうちに、別の女性の尻を追い回すとは。あまりにもひどい。それでも文子は、そうした話を特にどうとも思わなかった。愛情がないので嫉妬も感じなかった。ただ好奇心に駆られて、文子は訊いた。

「なぜ妹を追いかけて行ったの？　水島がそんなにきれいだったら、なぜその人を愛してあげなかったの？」

するとと元栄は笑いながら言った。

「ううん、水島は美人だが、処女でないのははっきりしていた」

そうだった。姪を妻にするといった馬鹿げた約束をした元栄は、修行中の僧の仮面をかぶった色魔だった。彼が求めたのは処女、男がおもちゃにできる純潔な女だった。文子もまた処女であるという、ただそれだけの理由で妻に選ばれたのだが、処女でなくなったという理由だけで、夫婦約束が破棄されたのだ。

偽善と虚勢と怪しげな道徳で一杯のこの地には、もうこれ以上留まることはできない。父を心底嫌った。父と文子の相容れない心は、頂点に達した。文子は居間にかかっていた、文字が書かれた掛け軸をぼんやりと見た。それは有名な僧が書いたもので、僧が生きているうちは値打ちはないが、死んだら大した値打ちが出る、と父が唾を飛ばして言っていた。その僧が死んだのか、生きているのかわからないが、掛け軸の文章は文子を奮い立たせた。

「唯是天命」

いつの日か父の家を出ること、そのことだけを文子は願っていた。今がまさにその時だった。

不逞鮮人

真白くなった空から、じりじりと焼き尽くすような真夏の日差しが、真っ直ぐに注いでいた。焼かれて赤くなった鉄串を当てられたように、身体全体が痛む。むき出しの肩と背は、焼かれたように赤くなっていた。雨が降るように汗が流れ、目玉の奥深くに沁み込んだ。しかし、背の後ろから注がれる、鋭い監視の視線が気になり、汗を拭うこともできない。ドシンドシンとつるはしで砂利の地面を突き刺す音が、耳鳴りのように聞こえた。燃えていた。すべてのものがかっかと燃え上がっていた。埃の混じった風が吹きつける。すべて灰まみれだ。

「発破準備完了！　退避しろ！」

現場監督の甲高い叫び声に、つるはしをもった労働者たちが一斉に作業を中断し立ち上がった。そして、眠りから覚めたように、慌てて四方に走り出し始めた。一生懸命待避所を探し、身を隠す者もいた。しかし、暑い中での労役で疲れ切っていた何人かは、待避所の反対方向に走って行き、頭をかばいながらその場所にしゃがみこんでしまった。

ドン！　爆発音とともに岩石が割れた。大小の破片が四方八方に散らばる。前もって身を隠すことができなかった者たちの手足も、ばらばらに散った。喉をひりひりさせる煙と生臭い血の臭いが、ごちゃまぜになって広がる。目の前に落ちた、誰かの手を見ながら、朴烈は吐き気を催したが、何も吐けなかった。黄色い胃液だけが流れ出る、ひどく苦しい吐き気だった。何分か前にはつるはしをしっかり使っていた誰かの手が、主人を失い面食らって転がっていた。

鉄道の沿線から百里以上離れたところだった。最も近い人家も三十里離れていた。外部から完全に孤立した信濃川ダム建設工事現場の別名は「地獄谷」だった。

「アイゴー！　アイゴー！　アイゴー！　オモニ！」

手足を切断されたまま呻く労働者の口からは、死ぬまで愛する人の名が洩れ出ていた。それは朝鮮語の母を意味するオモニだった。山を貫き峰を削ってダムを作り、発電量三十万キロワットの東洋一の発電所を建設するという野心的な計画に動員された労働者の大部分は、日本人ではなく朝鮮人労働者だった。

「君らの故郷はどこなんだい？」

「そいつは密陽だ。ここの労働者のほとんどが、南のその町から来たんだ」

「ほう、やってもやってもこんなに仕事が大変だ、と俺はわからなかった。そちらでは募集の時、何といわれた？」

「大変だとはわかっていた。わかっていたけど、酷すぎる。一日八時間だけ働き、ひと月に二日間の有給休暇と高額の賃金をくれるということだから、仕事がきつくともどうして嫌がる？　往復の旅費まで雇い主が負担するというので競って志願したんだ。しかし、こんな生き地獄とわかっていたら来るもんか！」

新潟県信濃川の急流にのって、死体が浮いて流れてきたという、怪談ではない怪談が聞こえ始めたのは、年の初めからだった。初めは一、二体の漂流する死体が引き上げられ、だんだんと多くの死体が次々と発見されるようになる。ようやくこの奇妙な事件についての記事が中央の新聞に報道され、新聞記者が取材のため現場に姿を現し始めた。取材の過程で驚くべき事実が明らかになった。漂流する死体は皆、信濃川ダム建設工事現場に動員された朝鮮人労働者のものだった。そして、もっと衝撃的なことは、彼らが単純な事故でなく、日本人の現場監督によって殴打され死んだという事実だ。たとえ流れによって傷つき、魚によって食べられ、ぐちゃぐちゃになって裂けたとしても、消えない鮮明な血のあざで、死体は洗われることのない恨みを訴えていた。

「『読売新聞』に載った記事を読んでみたか？　ダム工事に動員された労働者千二百名中、朝鮮人が半分以上を占めている。しかし、そのうちのどれだけが犠牲となり、どれだけ残っているかは五里霧中だ。朝鮮にもこのニュースが伝わり、朝鮮人虐殺事件調査会が設立され、代表たちが現地に派遣される予定だが、日本にいる朝鮮人たちも行動しなければならないんじゃないか？」

「それで少し前に朝鮮キリスト教青年会館で、信濃川朝鮮人労働者虐殺事件調査会の集会があったんじゃないのか？　彼らの代表が現地に向かったというニュースを聞いたが、調査がどう進んでいるのかわかる同志はいないのか？」

「ああ、彼らの活躍ぶりについては、私が連絡を受けている。朝鮮から来た羅景錫（ナギョンソク）と東京から行った金若水（キムヤクス）が現地調査を始めたが、新潟県の警察官が同行するので精密な調査が困難なんだよ」

三・一運動以後、日本には民族主義、社会主義、無政府主義などの思想を掲げた、多様な在日朝鮮人団体が誕生した。留学生を中心にそれぞれの団体が活動していたが、団結しなければならないと考え、糾合して黒濤会という進歩的思想団体を結成した。黒濤会は日本における社会・労働運動の活性化と、朝鮮の独立を目標としていた。だからこそ、黒濤会は信濃川朝鮮人労働者虐殺事件に神経をとがらせた。秘密裡に開かれた黒濤会幹事会の論議が、次第に熱を帯びていった。

「われわれ黒濤会も、直接現地を調査する必要がある。どの同志が新潟県に行くのか？」

「僕が行く」

話が終わるやいなや、一人の男が前に出た。朴烈だった。日本に来てから三年目になった朴烈は、いつの間にか熱血漢から冷徹な活動家に変わっていた。新聞配達、製瓶工場職工、深川の立ちん坊、郵便配達夫、人力車夫、食堂の配達員、夜警、店員、朝鮮人参行商、朝鮮飴売りなど……。十本の指をすべて使っても足りない、あらゆる底辺の職業を転々としたこと、それが鋼鉄のように彼を鍛えた。朴烈は生まれつきの組織者だった。日本に来てあまり経たない時から、親日派の朝鮮人と朝鮮を侮辱する日本人に制裁を加えるため血拳団と義拳団を組織し、苦学生同友会と黒陽会を経て、黒濤会の幹事となった。

朴烈は直ぐに、黒濤会の一員である白武（ペクム）とともに新潟県に向かった。冬はひどく寒くて雪が多く、夏は四方が山に囲まれているために暑い地の新潟県。そこに孤立無援の状態で抑留されている朝鮮人労働者を探しに行った。しかし、先日の調査団がそうであったように、現地調査は簡単ではない。当局の指示を受けた特別高等警察が一挙手一投足を監視し尾行し、外部の者に目を光らせながら、現場付近に近寄らせなかった。村人たちは後難を恐れて、真相を話してくれなかった。

「こんな状態では駄目だ。現場から離れたところでは、実状を知ることができない。私が労働者になりすまして、工事現場に入り込まなければ。直接入って、どんな醜い秘密が隠されているか明らかにしなければ」

朴烈はどんな問題に対しても臆せず、ためらわない。果敢に自分を投げ出し、糸口を見つけようとする。朴烈は朝鮮から渡って来た、無邪気に荒仕事をする労働者になりすまして、ダム建設工事を請け負う大林組に近づいた。長い間のつらい労働で鍛えられた彼からは、いわゆるインテリらしさはうかがえなかった。朴烈は少しの疑いも持たれず、簡単に現場に入り込めた。

ところが、入り込んだ建設現場の様子は、今までの新聞報道や報告よりずっと過酷だった。労働者たちは早朝の四時から夜八、九時まで何と十五時間以上、牛馬のように酷使された。食事時間を除いて、一分も休めない。朴烈は朝鮮人労働者とともに、現場の最も大切な持ち場に配置された。非常に骨を折って貨車を押した。一日中じりじりと焼きつくような日差しの下、地面を掘り岩石を砕く爆破現場に投入された。土木道具や木材を運ぶことまで大変な作業は、朝鮮人労働者がすべて担った。そのため、いくら体力があり根気がある人でも、到底我慢できなかった。

「このままではどうにもならない。勿論、倒れ死ねば、この地獄から出ることができる。心臓が苦しくなりくたくたになり休もうとしても、奴らが許さないんだ！」

一日が終わっても労働者たちは、埃と汗で汚れた身体を洗うこともできず、ばらばらに分かれて飯場の枕の上に頭をのせて休んだ。土木工事現場には、労働者の逃亡を防ぐため、監獄をほうふつとさせるような、特別な構造の宿泊施設が作られた。それが飯場だ。罪がないのに騙されて収容された朝鮮人労働者たちの呻き声は、地獄の歌のように陰々と流れた。

「我々をこのように扱うのか？　我々は罪人なのか？　金を稼ぐため、山深く水も合わないこの地に来たんだ。これはとんでもない災難ではないか？」

「しっ！　口を慎め。来たばかりで事情がよくわからないのだから、軽口をたたかないようにしないと、誰にも知られないうちに死ぬことになるぞ」

中年の労働者がまるで抗議でもするかのような勢いで、声を高くして朴烈を制した。

「少し前にも、死体が出て行かなかったか？　母の薬代、弟妹の学費を送るどころか、実家に戻ることさえできなかったじゃないか？　下請けの頭に拳銃で撃たれたんだよ。その場で即座に始末されたんだ。生け捕りされたなら……」

逃亡者に対する処罰は残酷だった。決死隊と呼ばれる見張りは、逃亡する朝鮮人労働者を探して見つけたら、両手を後ろ手に縛りあげて、杉の木に吊るし上げる。そして、棍棒で冷酷に打つ。いつも匕首と拳銃を懐にしている決死隊は、血も涙もない、人間の皮をかぶった獣だった。彼らは拷問を飯を食べるように行い、殺傷までも水を飲むように平然と行った。

密陽出身の金甲哲（キムカプチョル）は、十九歳の少年労働者だった。彼は夜明けから現場に引っ張り出され、最も危険な仕事をやらされた。それなのに、日本人労働者の七割にしかならない賃金ですら、下請けに半分以上取られるといった扱いに我慢できなかった。金甲哲は監視の目を盗んで逃亡を図ったが、すぐに捕まってしまう。下請けの親方が、荷役で使う鉄鉤を金甲哲の身体に突き刺した。十か所以上も刺され、血があちこちに飛び散り、眼球が中に落ち込んでしまった。三時間の間、冷たい独房に放置された後引き出された金甲哲は、もうこの世の人間ではなかった。

禹潤成（ウユンソン）は仲間三人と一緒に逃亡しようとしたが、捕まってしまう。彼らは裸にされたまま、レンガを焼く窯に監禁された。恐怖で真っ青になった彼らの身体の上に、水と砂、セメントが混ぜ合わされて注がれた。時間が経ちセメントがだんだん固くなり、石と砂が身体の中に深く入り込む。彼らはひどく苦しみながら、ゆっくりと命を落とした。

こうして死んでいった者たちは、そのまま工事現場に埋められたり、川に投げ込まれたりした。何とか捕まらずにすんだ者たちも、山中で道に迷い、飢えて死んだり凍え死んだりした。朴烈が現場に入り込んでいる間だけでも、下流で七、八体の死体が発見されている。

「人間は一体どこまで残忍になれるのか？　犬を罵り虎を恐れるが、人間ほど残忍で悪辣な動物がこの世のどこにいるんだ？」

朴烈は、驚きと悲しみ、憤怒と怨恨で歯ぎしりした。シベリアで鉄鎖につながれた囚人の行列を見た時の、クロポトキンの気持ちがこうだったのか？　貴族の息子で安楽と名声が保障されていたにもかかわらず、ヨーロッパとロシアの重労働監獄を訪ねた後、クロポトキンは困難な革命家としての道を進むことを決心する。彼が見たものは、ドストエフスキーが『死の家の記録』で描写した通りだった。金鉱では、囚人たちが氷のように冷たい水に腰までつかって働き、悪名高い岩塩採掘場では、ポーランドの反乱者たちが結核と壊血病で死んでいった。

クロポトキンは泣き叫ぶように問う。

「周りのすべての人たちが泥のようなパン一かけらのために闘う時、上品な楽しみを受ける者が正しいといえるか？」

三・一運動以後、多くの知識人と青年が新しい思想に関心を持つようになった。一部はアメリカの過激派の運動に、一部はロシアの革命に魅了された。数多い「主義者」が登場し、彼ら同士の思想闘争も激しくなる。日本人でも朝鮮人でも大勢を占めたのは、ロシア革命の影響を受けた社会主義、共産主義の思想だった。

しかし、ロシアで少数者が国家を統制する姿はロマノフ王朝時代と変わらない、と朴烈は思う。特権階級を追い出した場所に新しい特権階級が登場する、そうした社会主義、共産主義に満足できなかったのだ。彼は無権力、無支配、すべての個人の自主自治によって運営される平和な世界に憧れた。そうして絶対に権力を行使しないと主張する無政府主義を支持するようになった。

為政者たちは無政府主義と共産主義を、「双子の悪魔」と呼んだ。しかし、日本の社会運動が大杉栄と結びつくと、朴烈は無政府主義により共鳴するようになった。自由と平和と正義と兄弟愛！それは実現できない理想、空しい夢想のようだった。平和な世界は叙情詩だ。貪欲と競争と妬みが消えた場所に広がる、純粋な大平原だ。しかし、人間は欲望と憎悪を果たして永久になくすことができるのか？　新思想を夢見る、日本の社会運動の内部にさえも、醜悪な人間性があった。同志を裏切り変節することが、一度や二度ではなかった。

「叙情詩はない！　人間はみな醜悪だ。だから、どうしてその人間性を期待し信頼できるのか？無政府主義でさえも、実現できない幻想だ。浅い眠りの中のはかない夢だ！」

朴烈は人間性に対する深い不信により、強者と弱者の闘争、弱肉強食の関係が宇宙の大原則だ、と考えるようになる。すべての制度が弱肉強食の関係を現し、この弱肉強食の関係は人間社会のみならず、万物の間にあると見た。しかし、朴烈は虚無主義者に変わって行きながらも、闘いをやめて無気力な厭世主義に陥ることはなかった。

虚無的になればなるほど、彼は反逆と復讐を一層夢見るようになった。虐待される弱者として、異民族に屈従することを呪い、すべての支配と抑圧をなくしてしまうことだけが、偉大な自然に対する合理的な行動だ、と信じるようになる。できるならば、日本の権力者階級だけでなく、宇宙の万物を滅亡させせろ！　既に彼の胸には、すべてのものを破壊させてしまう爆弾が埋め込まれていたのだ。

朝夕に吹く涼しい風が肌寒くもの寂しい、九月のある日。神田の朝鮮キリスト教青年会館で、朝鮮人労働者虐殺事件調査会主催の演説会が開かれた。警察は大杉栄などの日本の知識人と朝鮮人活動家を弁士にさせまいとして拘束し、事件が広く社会に知られないようにしたが、演説会は主催者側の予想をはるかに越える反響を引き起こした。朝鮮人と日本人がそれぞれ五百名、合わせて千名の人たちが集まった。

金若水の司会で開会の辞、調査報告と続いた後、労働者のふりをして現場に潜入した朴烈が登壇した。

「信濃川ダム建設工事現場は文字通り生き地獄だった。今まで確認されただけでも、犠牲者は百名に達している。監獄部屋はひどいもので、その待遇は非人道的なものだ。このような行為は、親方たちの供応を受けた、三名の巡査によって助長されている。そうした無秩序な状態に対して、日本政府は何らの救済策も講じていない」

朴烈は落ち着いて調査報告書を朗読した。現場で会った朝鮮人労働者たちの痩せこけた姿と怯えた目を思い起こし、朴烈の声は次第に激情に駆られていく。

「こうした悪い制度は、現在の資本主義制度がもたらした結果だ。だから私は、このような社会制度を根本的に破壊する必要がある、と思うのだ」

その時突然会場の後ろの方から、騒がしい呼び笛の音が聞こえてきた。

「捕まえろ！　演壇に登っている奴らを残らず捕まえろ！」

集会を強制的に解散させるため押しかけた警官たちによって、演説会場は瞬く間に鎮められた。混乱の渦中に、朴烈はいち早く会場を抜け出した。そして、検挙されまいと神田の陰気な裏通りを走り抜けた。ともかく演説会は期待以上の成功をおさめた。在日朝鮮人の問題を取り上げた集会に、五百名以上の日本人が参加したこと、それは支配階級の肝胆を寒からしめることだった。骨の髄まで不穏な朝鮮人虚無主義者は、喘いで息を整え会心の笑みを浮かべる。動悸が激しくなり、胸が一杯になる。

ある暗い夜の野良犬のように

「新聞だよ！　夕刊だよ！」

東京の街が春雨にずっと濡れている。前触れなく雨に遭った人びとは、焦った顔つきで足を速めた。油紙で作られた傘を広げる老人は、得意げに肩で風を切った。人びとは老人を囲み、先を争って傘を買った。しかし、背後でかすれた声で叫んでいる新聞売りの少女には、誰も視線を向けない。それでも少女は繰り返し叫ぶ。上野三橋地域では、鈴を鳴らすことは禁止されていた。客の目を引き新聞を一部でも売るためには、喉をからし叫ぶしかなかった。

晴れた日は、それだけで喜びだった。雨が降る日は、固定された一つの場所で働く人間にとっては大変だった。新聞を他の場所に置けないので、すべて籠に入れてかつぐしかない。新聞紙の重さで肩が抜けるように痛む。新聞の売れ行きもぐっと落ちる。籠はなかなか軽くならない。客が現れ、新聞を求められる時も問題だった。片方の手で傘を持っているため、新聞を渡しお釣りを出す時には、片手しか使えなかった。新聞を落とし、電車に乗ろうと急ぐ客に泥をかけ、大目玉を喰らった。

「のろのろしないであっちに行け！　お前のせいで電車に乗り遅れたじゃないか！」

人びとは急ぎ家に帰る。出来立てのご飯と柔らかい布団がある家。食事を終えた人たちはお腹が一杯になって、気だるい眠りに入り、安心して毎日夢を見る。じめじめした暗闇の街でうろつくわけはない。文子は濡れた電信柱に寄りかかって立ち、向かい側にある大時計をぼんやりと眺めた。

「夕刊だよ！　新聞を買って！」

がらんとして空いた通りにもの悲しい声が響き渡った。橋の欄干に寄りかかり、時間が経つことのみを待っていたが、いつの間にか涙が頬を伝って流れ出ていた。雨がやみ、澄み渡った夜空には、二つ、三つの星がキラキラと輝いている。文子はぶるぶると身体を震わせた。落胆し気力がなくなり、本当に寂しかった。

寂しさ。骨の髄から沁み出る孤独の冷気。その時だけではない。強い覚悟で父の家を出て、東京で苦学生活を始めた文子が、彷徨を重ねるしかなかったのは、空腹と疲労より孤独のためだった。

「すいませんが、新聞を二、三枚くれませんか？」

校章を隠した学生帽を深くかぶった、若い人力車夫が文子の前にやって来た。

「何を差し上げましょうか」

「いや何でもいいんです。残っているものを何でもください」

それは同情だった。人が通る気配がなくなった夜の通りで、ぶるぶる震えている新聞売りの少女を可哀想に思ったのだ。一抹の自尊心から新聞を渡さなかったが、文子は彼から目をそらすことはできなかった。人力車夫も明らかに自分と同じ苦学生だった。そう思うと、少し嬉しくなる。いくら苦労はしても、それは自分が望んだことだ。電信柱に貼ってあった「苦学奮闘の士は来たれ、蛍雪舎」と書かれチラシを初めて見た時の嬉しさが思い出された。蛍雪舎、昼間働き、夜学ぶ……。ひどい疲れで授業時間に倒れ込み眠ってしまうことが多かったが、文子が自分で選択したことだった。

その時会った人力車夫が伊藤だ。文子は知らなかったが、研数学館で代数学基礎課程を聴講する文子と、彼は同じクラスだった。また彼は近くの救世軍に属する、篤実なキリスト教徒だった。

文子が新聞を販売していた三橋近くは、様々な団体が集まる場所だ。週一回定期的に路傍で伝道するキリスト教救世軍、大きな提灯を前に立てて経を唱える仏教救世軍、そして、不定期に現れ血を吐くような声で雄弁をふるう、長髪の社会主義者たちが、主な三つの団体だった。彼らは時折衝突し、相手の言ったことを打破しようとして、激しい議論を繰り広げた。

ともあれ一九二〇年の東京は、興味深いところだった。日本の政治・経済・文化の中心地で、急進的で自由主義的な思想が沸き立ち、ロシア革命に刺激を受けた左翼運動が発展していた。世間知らずの田舎娘にすぎない文子だが、学ぶことへの熱望が大きいからこそ、新しい思想への知的好奇心も強くなる。三団体中文子に最も鮮明な印象を与えたのは、社会主義者たちだ。彼らは不遇な立場の文子を、「私たちの一人」と呼んだ。同じ仲間だと意識させられただけで感泣した文子が、「彼らの中の一人」になるのには、それほど長い時間がかからない。

しかし、まだ自分のものにしていない思想と関係なく、伊藤の優しい忠告は、文子の心を激しく揺さぶった。

「新聞売りは長続きしませんよ。こんな仕事じゃ、疲れて仕様がありませんよ。他の仕事を探さなければ。もし何も思いつかなかったら、遠慮なく僕に相談してください。僕はお見かけ通りの無力なものですが、僕にできることだったら、なんでもしてあげますから」

学費が続かず通っていた獣医学校を辞めた伊藤の立場が、自分と五十歩百歩だとわかったが、言葉をかけてくれる人がいるということだけで、文子は幸せだった。実際に借金を沢山残したまま新聞店をやめざるをえなかった時、文子の脳裏に浮かんだ人間は伊藤だった。

にわか雨が激しく降る夕方。傘がなく着物の裾を端折って、下駄でぬかるみを飛び越しながら、文子は救世軍会館まで駆けて行った。それを見て伊藤は驚いたようだったが、落ち着いた態度で讃美歌集と小さな聖書を渡しながら言った。

「丁度いい時に来てくれました。神田の本営から講演に来られるので、臨時集会が開かれるのです。間もなく始まりますので、女性席に座って聞いてみてください。あなたの話は後でゆっくり伺いましょう」

興奮と不安で一杯の文子は、聖書なんか読むどころではなかった。しかし、伊藤の勧めを無視できず、皆の真似をして祈り、讃美歌を歌った。そのあい間あい間に、頭を下げ敬虔に祈る伊藤の姿を、そっと盗み見た。彼は何をそのように深く信じているのか？　救い？　救い？　本当にそんなことを期待できるのか？

文子が礼拝にようやく集中できるようになったのは、説教が終わり、再び讃美歌が歌われ始めた時からだ。讃美歌のリズムは熱烈な力を持っている。文子は巨大な波に乗って、広々としたところへ連れて行かれるような気になった。少佐が祈祷を続け、自分の言葉に感激して言葉を詰まらせた。

悩める霊に代わってその救いを求める少佐の祈祷が終わると、信者たちの「証し」が始まった。店員風の青年が立って、信仰によって死ぬほどの苦しみから救われた、と証した。続いて文子の側にいたお婆さんが、すっくと立ち上がって言った。

「わしゃ、エス様に救われて本当に幸せです」

それと同時に皆が、「アーメン」「ハレルヤ」と叫んだ。伊藤が進み出て、テーブルの脚のところに跪いて祈った。彼は文子のために祈り、文子が救われることを祈っているようだった。文子はじっとしていられなくなった。何だかわけのわからない力に引き付けられ、自分で気づかぬうちに少佐の足元にまで進み出て、突っ伏して泣いていた。彼は「アーメン」と叫んだ後、「救われた一人の姉妹のために」と唱え熱心に祈った。伊藤と他の信者たちも感謝の祈りを捧げた。酔ったように感激した文子は、一切の苦悩を忘れた。忘れることができる、と信じた。見捨てられ遺棄され虐待された、この世で受けたすべての苦しみを。

キリスト教社会の一員となった文子のために、伊藤は石鹸の行商を紹介した。その時から文子は、神田鍋町で地べたに広げた新聞紙に粉石鹸を載せて売り始めた。しかし、お金がなくて商品を並べる台を用意できず、文子の商売はうまくいかない。日が経って商品が少なくなるにつれて、だんだん売れなくなった。それとともに懐具合が悪くなっていく。四、五日も続けて雨に降られた時には、一銭のもうけもなかった。三度三度の食事はおろか、一日一度の食事さえ取れなかった。ついに少しばかり残った商品をもとに行商を始めた。しかし、文子のような新米には、この上もなく困難な仕事だった。道に迷った犬のように一日中ぶらぶら歩いて、足を棒のようにすり減らすばかりだっている。

た。毎日数百軒の家の戸を叩いても、ほとんど売れなかった。世間の戸は依然として固く閉じられ
文子は気後れする、小心な自分を責めた。勇気を出さずにもじもじしているのは、虚栄心を完全に取り去っていないためだ、と自己分析してみた。しかし、叱責も分析も効き目がない。時々会う伊藤が、文子のただ一つの救いであり慰めだった。

「あなたの信仰はこの頃どんな案配です？」

文子と会った時の伊藤の最初の言葉は、いつもこうだった。伊藤はいつも信仰の話しかしなかった。何か込み入った相談でもある時には、路傍でも軒下でもいい、伊藤は先ず跪いて祈るのであった。

「どんなに大変でも、日曜日の朝の礼拝には、必ず出なければなりません。困った時や苦しい時には祈ることです。祈りがあなたに力を与えます」

伊藤は確信に満ちた声で説いた。しかし、伊藤の言葉は、毎日疲れ切っている文子を感動させなかった。結局何が力を与えてくれるのか？　神は果たして弱者の祈りを聞いてくれるのか？

「私は奇跡を信じません。私の今までの体験と現在のあまりにも苦しい生活を考えたら、信じられません」

「いや、それはあなたの信仰心がまだ足りないためです。あなたに真剣な信仰があったなら、必ず奇跡がわかるはずです」

とにかく文子は、神を信じる前に、伊藤を信頼した。自分のために祈ってくれる、たった一人の

人を失わないために、一所懸命努力した。毎週教会に通うことは勿論、洗面器まで売り払い、登校途中にある公園のトイレの洗面台を利用することまでした。伊藤に教えられた通り、朝早く起きて聖書を読み祈りもした。神と仲間の人間たちにともに仕えるため、負担することがあっても我慢し、自分より他の人たちを優先した。しかし、その報いはどこにあるのか？　文子はもう三日も食べないでいた。新しい仕事を探しても、その仕事すら与えられなかった。同じ信徒の家の部屋を借りていたが、家賃が払えず追い出されてしまった。文子ができる仕事は、もう女中奉公しかない。

「私は……愛のようなものを知らずに生きて来た。人びとの前では明るく快活に笑ったが、心の中はいつも暗くて無気力だった。しかし、これからは私の心を閉ざしている扉を開けたい。大声を張り上げて泣き、心行くまで笑いたい……」

伊藤と初めて愛し合った日、それは最後にもなったのだが、文子は今まで誰にも言わなかったことを告白した。彼の誠実で正直な瞳に、自分の真の姿が映るのを願って、隠さずにすべての傷を明らかにした。

「これからはそうなるでしょう。神はすべてを許してくれますから、僕たちは贖罪の気持ちで、熱心に信じ祈りだけすればいいんです」

「本当にそうなんですか？　私のような女も許されるのですか？　神が愛する信徒になれるのですか？」

伊藤は深く信じている神を口実にしたが、実際に文子が心からの理解と愛を求めたかった相手は、見えない神ではなく、彼女を胸に抱いてくれる伊藤だった。仲木という砂糖屋に女中として入ったが、文子は東京に来た、唯一の目的を失う。食事と寝る場は得た。だが、学校に通うのをやめてしまった。それはとても寂しいことだった。憂鬱な気分の文子に、英語学校で会った友人の河田が、自分の兄が経営する印刷所で働くよう勧めた。しかし、忙しくとも勉強できるという機会さえも、文子は自ら放棄した。河田の兄は社会主義者であり、社会主義者たちと一緒に働くことは伊藤に対する背信だ、と思ったためだった。それほど文子は伊藤に頼り期待していたのだ

「実は今まで誰にも告白しなかったことがあるのです。教会で証しだてする時も、どうしても打ち明けることができなかったのです。しかし、あなたには本当に正直でありたい。一切の虚飾と秘密もない、そのままの私を見てほしいのです」

初めて愛する人の胸に抱かれる、その感激を抑えることができない文子は、自分の過去を語り始めた。暴雨が降り注いだ日に駅前で食べた天婦羅と、望月庵という小さな寺で嗅いだ強い香りも……。その瞬間、文子の頭を撫でていた伊藤の手がはっと止まった。

「それ……すべて本当かい？」

「そうよ。本当よ。隠さずにすべて言ったわ。私は……随分汚されたの。誰のせいでもない。愚かさと不注意で、私自身を汚してしまったの。伊藤さん、これでも私は許され愛して貰えるの？」

「うん……そうだな。神ならそうだよ。百匹の羊のうちで一匹が道に迷ったら、九十九匹は置いておいて、道に迷った一匹を探すんだ。許されず愛されない人はこの世にはいない……」

いつものように真剣に、穏やかな低い声で伊藤は、文子にも許しと愛を受ける資格があると言った。しばらくの間は、そんなふうに幸せだった。愛を信じもした。しばらくの間、寂しさに苦しん

だ人に錯覚と混同を引き起こす、ずる賢い心のいたずら。

　そのうち、伊藤からの連絡がなくなる。三日とあけず伝道のため砂糖屋に来ていた彼が、一週間経っても顔を見せない。復学に必要な学費を調達するため伊藤が孤軍奮闘している、と文子は思った。その時文子には河田から貰った金が多少あって、男と女の関係のためでなく、伊藤が今まで払ってくれたことを考えたら、この金を彼にあげてもおかしくはないと思った。

　待ちに待っても伊藤は現れず、文子は為替を同封した手紙を送った。

「わけは後で話しますが、今私には要らないお金が少しあります。これだけあれば一カ月やそこいらは間に合うと思います。当分の間仕事を休んで、しっかり勉強してください」

　学校に通うことをやめていた文子は、伊藤を援助することによって、虚ろな心を慰めていた。心づけで貰った金が一円でも二円でも溜まると、文子は彼にやった。合い間合い間に自由になる時間を利用して、何かしら彼のために作った。自分の襦袢の袖ならメリンスでいいと思ったが、更紗を買って座布団と枕を作った。その時はあまり好きでない針仕事にも喜びを感じた。

　ところで、しばらく顔を見せなかった伊藤が、十一月三十一日にひょっこりやって来た。青白く病人のような顔色で、何か深い苦しみに陥っているようだ。主人に断って彼を送って行った。あまり人通りがないところに着いた時、伊藤はひょいと立ち止まって言った。

「文子さん。僕は懺悔しなければならない。僕はあなたを見間違えていました。というのは……僕はあなたを不良少女だと思っていたのです。ところが、近頃やっとわかりました。あなたは本当の愛の人だということをです。僕は沢山の女性信者を知っていますが、あなたのように温かくて優しい女性らしい気持を持った人は初めてです。僕はあなたの前に自分の不明を謝します」

文子はびっくりした。「不良少女」という言葉を聞いた時、鋭い針でちくりと刺されたような気持がした。が、その後の「初めて見た温かい女性」という言葉には、何とも言えぬ恥ずかしさを感じた。嬉しいような悲しいような、妙な気持ちだった。それなのになぜ伊藤が相手の心中を推し量ることなしに、こうした言葉を使うのか気になった。

黙然として思い思いのことを考えながら、雷門を経て菊屋橋を渡り、上野まで歩いて行った。上野の不忍池に来た時、伊藤は突然柳の木の下にうずくまった。静かな晩で、あたりには人影がない。

「あなたに会うまで、私は自分を抑えに抑えていたのです。しかし、近頃はもうどうにもならなくなってしまったのです。意味がおわかりですね。そのうえ聖書を読んでいても、思いはあなたの上に飛んでいるのです。一日でも会わないと、寂しくて仕方がないのです。そんなわけで勉強は少しもはかどらないし、信仰はぐらつきはじめるし、僕は死ぬほど苦しんだのです……」

それは文子が密かに望んでいたことに違いない。文子は躍る胸を押さえて、黙って聞いていた。

「しかし、こうした感情をいつかは終わりにしなければいけない、と僕は考えたのです。汚れた性欲に振り回されては、何事もなしえません。そこであなたを忘れて前の僕に立ち帰らねばならない、と決心したのです。これがお互いのためだ、と思ったからです。一緒に生活するという目処が立たないのに、迂闊なことをするのは大きな罪です。僕たちは一時の衝動に駆られることなく、自分たちの人生を生きて行かなければならないんです。そうじゃないですか?」

文子は驚き失望し、何も言えなかった。しかし、伊藤は声を強めて、心に誓うように言った。

「それで僕は今晩限りで、あなたと別れようと決めました。これからはもうあなたに会いもしなければ、あなたを思いもしますまい。十一月の最後の日、あなたと別れるために、あなたに会いに来たのです。もうあなたの家にも行きません。僕は自分に勝って見せます……。では、これで別れましょう。あなたの幸福を祈ります」

彼の一場の演説は終わった。文子は特にがっかりもせず、おかしくもないのに笑った。愛を旗印に掲げても神の名の後ろに隠れ、自分を束縛する臆病者、限りなく自然な人間の欲望さえも汚いとして顔を背ける、信仰の奴隷！

その時文子は、急いで立ち去ろうとする伊藤の様子を見守りながら、ふと気づいた。告白したことが間違いだった。偽りなく心から信じていたこと、それは錯覚だった。伊藤は逃げようとしている。許すことも愛することもできず、顔を背けようとしている。山中で道を見失った羊というよりは、暗いところをうろつく野良犬のような文子の過去から。そんな気がして、卑怯な偽善者の姿を露わにするばかりの伊藤が、可哀想でならなかった。

「そうですか、ではさようなら」

文子の力ない、しょんぼりした呟きを聞いて、伊藤は何かに追われるように、振り返りもせずに立ち去って行った。愛？　愛という宗教的な教えは正しいのだろうか？　人の心に麻酔をかけるものなのだろうか？　真理や愛が他人を動かして、この世界をもっと住みよいものに変えないなら、そうした教えは欺瞞でなくて何であろうか？

文子は伊藤の姿が完全に消えるまで、その場に立ったまま、くすくすと笑った。寂しい、悲しい、それでいて何となく微笑ましい、そんな気持で彼を見送った。

俺は犬ころだ

孤独は無言で自然と上昇する満潮の海と同じだ。波が白い羽を強く振り、寂しく潮が満ちた。それでも本当に寂しい人は、どうしても寂しいと打ち明けられない。その言葉一つで、しばらくの間かろうじて保ってきた防波堤が崩れてしまうものであろうか、口にしないことはもっと寂しいことだ。

しかし、その防波堤が壊れてしまった。一瞬のうちに穴が開き、崩れてしまった。強い波が毒気を含み、どっと押し寄せた。手を広げ防ごうとしても、既に遅い。全身をずぶ濡れにして押し返そうとしても、効き目がない。限りなく深い孤独が押し寄せ、膝を折り曲げ背中を力一杯殴った。深い孤独がその場所を強く打つたびに、身体がしびれた。

その不安と混沌の間をかき分けて、瀬川が入って来た。暗い劇場の中でこっそりと手を握り放さなかった、意地悪なプレイボーイ。しかし、文子は彼の手を振り払うことはできなかった。思想と宗教さえも防壁にならないことがわかった時、期待するところは専ら彼の体温だった。瀬川には伊藤にしたような、礼儀正しい娘のふりをする必要がなかった。礼儀をわきまえない不良の格好でもよかった。乳房を吸い膝を押し広げて入って来る時だけは、彼が本当に自分を求めているように思えた。喘いで息を吐きだす温かい呻き声が、愛しているという告白のように聞こえてきもした。

しかし、瀬川の下宿で裸で目を覚ました朝、すべてのことが錯覚だ、と文子はまた悟った。瀬川の部屋には一組の布団しかない。下女も一人分の朝食しか運んでこない。それでも瀬川は、何でもないように箸を取った。

「文ちゃん、ご飯食べるかい？　食べるなら僕の分残しておくけど」

「いいわ」

文子は一瞬怒りを抑えることができず言った。

「私は別にお腹がすいていないわ。朝は大叔父の家で食べるわ」

文子は着物をさっと引っかけて机に寄りかかり、雑誌を広げた。瀬川はそれ以上何も言わず、がつがつと朝食を食べている。読んでもいない雑誌に目を向けたままで、文子は何げなく呟いた。

「瀬川さん……私たちこんなことをしていて、もし子どもでもできたらどうするつもり？」

だが、この言葉は考えなしに、突然吐き出したものではない。文子は時々そのことを恐れてきた。このまま火遊びを続けていると、ぽっくりと妊娠するのではないか、と恐れていた。しかし、一方では、自分が母親になった気分になって、まだ見ぬ子を心の中で抱擁していた。寂しいが、胸にこみあげる空想だった。

しかし、瀬川は文子を見ることもなく、両手を伸ばしてあくびしながら、そんなことには全く無関心のように答えた。

「どうするかだって？　それはどんな意味だよ？　お前が何とかしなければならないんじゃないのか？」

　彼の表情が少しでも深刻なものだったら、文子の衝撃は強くはなかっただろう。妊娠したら駄目だから注意するよう頭ごなしに叱られたとしても、これほど見捨てられたと感じて胸を痛ませなかったろう。瀬川は真剣に心配しているようには見えない。彼は壁にかかっていたバイオリンを取って、窓に腰掛け弾き始めた。その旋律に甘美さを感じはせず、鳥肌が立った。

　瀬川が自分を愛していないことがわかった。文子も同じだ。だから誰のせいでもない。それでもこうした状況では、彼に温かい言葉をかけてほしかった。ただの儀礼でも、偽善や欺瞞でも。しかし、彼は責任を回避した。文子が瀬川に完全におもちゃにされたという事実は、あまりにも明白だった。

　喪失感と憤怒で一杯になり、文子は瀬川の部屋を走り出た。そして、もう男に期待するものか、と誓った。しかし、寂しさは繰り返し彼女を襲う。瀬川と同じ家に下宿していた玄（ヒョン）は、髪を長くオールバックにし、いつも黒色の服を着て通学している社会主義者だった。瀬川は玄を指さして、「いつも尾行が二人もついていて、そりゃ大したものだよ」と言った。「主義者」ならどこか変わったところがあるのではと思ったが、彼はただ、部屋の壁に有名な革命家の写真と肖像画、過激な言葉がぎっしり埋まっていた政治宣伝ビラを貼っているだけだった。

　玄は京城出身の金持ちの一人息子だった。彼は東洋大学の哲学科に籍をおいていたが、学校にはめったに行かず、いつも友だちと一緒にぶらぶらと遊んでいるようだった。

「そうですか、ではあなたは運動ばかりしているのですか」

文子の感嘆した幼稚な問いに、玄は寂し気に微笑んで答えた。

「見ての通り、僕はプチ・ブルとかインテリとかいわれています。彼らは僕のような人間を運動には入れてくれないんです」

しかし、玄が朝鮮人で「主義者」を真似た中途半端な人間だとしても、文子をがっかりさせることはなかった。七年間朝鮮で暮らしたせいか、彼に会った途端に、まるで親しい友人に久し振りに会ったような気持ちになった。思想的に傾倒はしたが、実際に運動に参加したことや特定の団体に加入したこともないので、彼を軽蔑したり排斥したりしようする気にはならなかった。

愛は、新しい愛によって忘れられる。愛であるかもしれない誤解、あるいは新しい錯覚によって忘れられた。

「文子さん、僕はあなたを初めて見た瞬間、すっかりあなたに魅せられてしまったのです。あなたは僕の心を完全に捉えたのです」

いつも黙って答を避ける瀬川と、玄は正反対だった。彼は沈黙の代わりに切れ目のない甘い言葉で、文子の問いを遮った。

「僕はあなたの現在の状態と未来の夢がわかります。今は諦めてしまったと言いますが、あなたは東京に来る時、女学校卒業検定試験を受け、それから女子医専に進学しようと考えたのではないですか？　そこで男だけが学ぶ学校に勇ましく入り、代数や幾何まで勉強したのでしょう。夢を簡単に捨てては駄目です。立派な女性になるという望みを諦めるには、まだ早いと思います。僕はあなたに頑張ってほしい。一旦今世話になっている大叔父さんの家を出ることです。僕が家を探してみますから。僕たちが一緒に暮らす場所を探してみます」

日本の諺にある通り、それは口から出まかせの言葉だった。うますぎる話には、人でも言葉でも疑ってみる必要があるとわかっていても、哀しいかな文子は期待に胸を膨らませまんまとだまされてしまった。いや、おかしいと思ったところを見て見ぬ振りをし、だましてほしかったかも。

いつの間にか文子は、玄にすっかり惹きつけられてしまった。数日会わない日が続くと、寂しくてならなかった。しかし、玄に会えない日が度々あり、文子の立場は苦しくなる。東京に住む唯一の親戚である大叔父は、今まで文子に同情し、住むところを提供したが、おとなしく家事を助け稼ぐという言いつけを聞こうとしない、お転婆のような文子を負担に感じているようだった。大叔父の家族が文子の行動を監視し始め、外出が難しくなっていった。嘘つき！　色気ちがい女！　棘のある彼らの視線が、非難するように鋭く文子を刺す。

文子は大叔父の家を出て、独立することを望んだ。だが、文子がそう望んだ部屋一つにしても、簡単には手に入らない。病気で苦しむ友人の見舞を口実に文子を呼んだ玄は、その日の夜も、文子を家に帰らせなかった。翌朝、中華料理を出前で取り、ビールを飲みながら友人たちとトランプで遊んでいた玄を、文子は呼んで訊いた。

「こうしてしょっちゅう泊まったりしていると、大叔父の家には居づらくてしようがないの。でねえ……あの話どうなるの？　早く決めてくれないこと？」

二人が知り合った時、静かな郊外に家を借りて同棲しよう、と玄は言っていたのだ。しかし、玄は一向にそうした気持ちを表さず、玄には誠意がないのではないか、と文子は疑い始めた。けれどもおかしなことに、そう思えば思うほど、文子はどうしようもなく玄に惹きつけられていった。

「ああ、あの話ですか……」

文子が真顔で問い詰めようとしたのに対して、玄は当惑気に答えた。

「そう、家を探しているのですが。家もあるにはあるんですが。こうして賃貸広告のチラシをポケットに入れたりまでしているんです。けれど、私が求めている物件が簡単に見つからないのです。上野に友だちが借りた家があるにはあるんですが、彼が郷里に帰っていて埒が明かないので。僕たちがそこに住めないか考えているのですが……。でも近いうちに何とか決まります。決めましょう」

いつものようにとらえどころのない言葉だった。体裁よく逃げを張っている。しかし、文子はどうしようもなかった。とらえどころのない言葉を信じて、当てもなく待つしかない。だが、大叔父の家族に弁明しなければならないという問題が、依然として残っている。

「そう、それはそれとしてね。でも知っての通り、昨晩、私は友だちのお見舞いに行くと言って出て来たでしょう。だからこのまま家に帰るのは何だか具合が悪いの。何か証拠になるものがいるの。この春、私の着物を彼女が質に入れたでしょう。それを持って帰ったら、家族は私が彼女のところへ行ったと信じるわ」

金！　文子は生まれて初めて男に金をせびった。互いに愛し合っている者同士の間なら何の不思議もないと思ったが、着物を持って帰り、家族のきつい目を逃れたいという気持ちが羞恥心にまさった。

「ああ、わかりました。そうですか。それがいいでしょう」

玄はポケットを探っていたが、トランプにすべて使ってしまい無一文だった。彼は金を借りて来るから、と文子を待たせ出て行った。その時、箒を持った女中たちが廊下を通り過ぎる姿が、障子の隙間からちらっと見えた。彼らは遠慮せずひそひそ話していた。

「ねえ、すみちゃん、あの女一体何だろう？」

「大かた下宿屋回りの淫売だろう」

ここまで聞こえてくる。孤独を理由に、自分を最も悲惨な立場に追い込んでいたのだ。信じていた愛なんてものは蜃気楼だった。しばらくしてから玄は、友人と一緒に留学することになった、と一方的に知らせて来た。最後の別れの日には、西洋料理と酒をともにした。かさぶたも取れない傷の上に、さらに傷が重なり、今では痛みさえ感じない。無感覚。文子は無茶苦茶にウイスキーをあおった。悲しいとも悔しいとも思わず、ただ絶望的な気分がふつふつと沸き立っているのを感じた。

廃墟、廃墟だった。思想が生きるための手段になるかわからず、宗教が救いになるかわからず、愛が慰めになるかわからなかった。何も信じられず、自分自身さえ信じられなかった。不眠と悪夢が繰り返される。眠れず煩悶する夜ごとに、父母に見捨てられ、卑劣でけちな祖母に虐待された記憶が、次々と浮かんでくる。自分の身体を貪った男たちの息遣いにうなされる。苦しみの中で自由と独立心を奪われ、長所のすべてを壊され、伸びるのを妨げられ、ねじ曲げられて、歪んだ人間になってしまった自分が嫌だった。死んでしまいたかった。殺したかった。だが、文子には依然として、自分を殺そうとする衝動よりもっと強いものがあった。

大叔父の家を出た文子に、友人の原沢が岩崎おでん屋の仕事を紹介してくれた。襟や背に店の名前を大書した印半纏を着た店員たちが、尊大ぶっているような店ではない。入口に屋号がかかれた暖簾をひらひらさせ、不浄をなくすという塩を高く盛った伝統的な店でもない。しかし、岩崎おでん屋には、他の店には探しても見付けることができない、ある雰囲気があった。主人の岩崎の社会主義者顔により、店には作家や新聞記者などの知識人と「主義者」が集まった。彼らは酒の肴か腹の足しにするため食べるおでんに、「社会主義おでん」という滑稽な別名をつけた。文子はここで働きながら、中断していた通学と読書を再び始めた。テーブル毎に繰り広げられる激論を聞きかじりながら、狭い考えを次第に広げていった。

その間、友人たちから借りた本とパンフレットなどを通して、文子は社会主義思想を理解していった。しかし、社会主義が特別新しいことを教えてくれたわけではない。文子は昔も今も貧しい。そのために酷使され虐待されという苦しみを味わい、自由を奪われ搾取された。それで文子の胸の底には、富者に対する敵愾心とともに、自分と同じような境遇の人びとへの深い同情心が育っていった。長い間刻印されたこうした思いに、火をつけたのが社会主義の理論だった。復讐、ただ復讐を夢見て、川に一つひとつ投げ込んだ小石のように。

文子は生きたかった。熱く、力強く、自分のすべてを捧げて、自分が属する可哀想な階級のために闘いたかった。しかし、こうした思いを持ったが、何をなすべきかわからなかった。力がなかった。何かをしたくても、どう準備し、どう進めて行くかわからなかった。寂しくて反抗的な若者は、不満と憤りでただ沸き立つしかない。

どんよりと曇り、今にも何かが降りそうな空模様の夜。仕事を終えた文子は、授業が始まるまでの時間を利用して、学校の近くの下宿屋に住む鄭又影を訪ねた。彼は原沢の友人の、朝鮮人社会主義者だった。

「これをちょっと見て。今出来上がったところだよ」

鄭が文子に渡したのは、三、四枚の校正刷りだった。彼が前に言っていた、菊版八ページの雑誌『青年朝鮮』がついに刊行されるようだ。

「そう、もうできたの！」

文子は鄭と一緒に興奮して、歓声を上げた。文子が前に読んだ原稿が大部分だった。ざっと見て最後のページを広げた時、そこに載っていた短い詩が、文子の目に留まった。誌のタイトルは「俺は犬ころだ」だった。その瞬間、文子は自分では理解できない、強烈な予感に捉えられ、身体をぶるっと震わせた。

俺は犬ころだ
空を見て吠え
月を見て吠える
しがない俺は
犬ころだ！

位の高い両班の股から
熱いものが溢れ出て
俺の体を濡らせば
俺もその足に
勢いよく熱い小便を垂れる
俺は犬ころだ

しばらく間、恍惚として言葉が出なかった。何と力強い詩なのか？　一行一行に、文子の心は強く惹きつけられた。幼い日父が刺し殺した犬の姿が、目の前に生き生きと浮かんできた。小さな身体から噴水のように噴き出した、赤黒い血、血、血……。朝鮮の祖母の家で飼っていた犬は、寒い冬の夜でも何も敷かれていない床で寝た。文子が食事もとらずに仕事に追われていると、近づいて来て頭を下げ、身体をすり寄せて来たのだった。犬にさえ同情される、犬以下のみじめな立場。しかし、文子は怒りにまかせて、犬の腹を蹴ったりはせず、犬の首を抱きかかえて声を殺して泣いた。その物を言えない生き物だけが、文子の悲しみと苦しみをわかっているようだった。搾取と虐待をともに味わう犬が、自分の血族のように感じられた。

身体で経験しなければ、いくら頭で理解しようとしてもわからない何かだった。この詩の作者は、これを痛切に体験した人であるのは明らかだった。「俺は犬ころだ」には、最も底辺で最も悲惨な姿で生きる、これらの人びと同士だけの共感があった。犬のように、犬より惨めな状態で生きながらも、仕方なく空に向かって吠えるしかない怒りと痛恨。一九一九年の春、朝鮮の市場で見た、白い服の舞い散った翼が、今あらためて蘇り胸をえぐった。文子は日本の無産階級だけでなく、抑圧され酷使された朝鮮人にも、こうした感情を抱いていた。

「これ誰？　詩の作者の朴烈という人は……？」

「朴烈、うん、彼は僕の友だちです」

鄭は文子のおののきに気づかず、大したことではないように言った。

「まだあまり知られていない貧しい個性的な男ですよ」

「しかし、この人には何ともいえない力強さがありますよ。私は今までこんな詩を見たことがないわ」

「そうですか？　この詩のどこがいいですか？」

鄭は作者の力があまりわからないようだった。そこで文子の熱烈な反応を、彼は喜ばないようだった。

「特にどこというわけじゃないの。全体がいいわ。作者のとても力強い気持ちが溢れ出ている感じです。私の血が騒いだわ。ある種の強烈な感動が私を高揚させたの……。私は今、長い間探していたものをこの詩の中に見出したような気がする」

その瞬間文子は、柔らかな輝く声を肌で感じた。窓外では粉雪が舞っている。廊下の時計が六時を打った。同宿の学生が何か声高に話しながら、階段を降りて行った。

「おや、あなたも学校に行かなければならないのでは？」

鄭が登校時間であることを思い起こさせた。

「学校？　学校なんてどうだっていいの」

「どうしてです？　あなたは苦学生じゃないですか」

「そう、もとは熱心な苦学生だったわ。三度の食事を一度にしても、学校は休まなかった。でも今はそうじゃありません」

「なぜ？　何かあったのですか？」

「別に理由はありません。ただはっきりと気づいただけです。今の社会で偉くなろうとすることに興味を失ったんです」

「へえ！　じゃあなたは学校をやめてどうするつもりです？」

「それが問題ね。そのことについて、今しきりに考えているのです。何かしたいんですが、それがどんなことかわからないのです。が、とにかくそれは苦学なんかすることじゃない。私には、何かしなければならないことがある。せずにいられないことがある。そして、今私はそれを探しているんです！」

文子は半ば魂が抜けた状態で、雪が舞う通りに出た。今まで全力を尽くしてきたことが、地上に落ちると直ぐ溶けてしまう雪片のように、無駄だったのではないかと思った。東京に来た時から、希望に燃えた文子は、苦学してえらい人間になるのを唯一の目標にしていた。が、今はっきりとわかった。苦学なんかしても偉い人間になれるはずがないということを！　いや、そればかりではない。世間の人びとから偉いといわれることに、何の価値があるのか？　他人から仰ぎ見られることが、そんなに素晴らしいことなのか？　いくら教育を受けても、世間に立ち向かう力にはならない。何かを探し求め、どんな世界に向かうかが問題なのだ。

——私は今まであまりにも多く、他人の奴隷になりすぎてきた。あまりにも多く、男のおもちゃにされてきた。私自身を生きていなかった。あれほど嫌悪した父に振り回されていた。自由ではなかった。軽蔑すべき鳥肌が立つほど嫌な母の、あの依存性にそっくり似ていった。しかし、もうこれ以上、他人に振り回されて生きたくない。私は私自身の仕事をしなければならない。そうだ、私自身の仕事だ。その私自身の仕事が何であるか知りたい。それを知りたい。知って実行したい。

その年の冬、東京は連日大雪となった。幼児の拳くらいの大きさの雪が、すべてを覆う勢いでしんしんと降りしきった。雪の降る夜は、夢のように果てしない。汚れた裏通りも非情な街も、その夢の中にそっと包みこまれた。雪を降らせる夕暮れの空に向かって、ワンワンと吠えながら駆け回る犬のように、文子は通りに飛び出し泣き叫んだ。

「私は犬ころだ、私は犬ころだ！」

不穏な巣

身体の話から始めようとすれば、それは胸のあたりに浮かぶ、ぬるぬるとした塊のようだ。一晩中みぞおちにぴたっと留まっているそれのため、眠りから覚め、しばらく固く締め付ける胸をつかみたじろぐ。いつも頑固なことから生まれる苦痛、慣れることができない喜び。苦痛や喜びだけではない。苦痛と喜びが同時に存在するしかない、嬉しくも苦しい祝祭。彼らに愛が生まれた。

金子文子は二十歳、朴烈は二十一歳だった。たかだか二十年で世の中のあらゆる苦難を経験し、せいぜい二十年で世の中をひっくり返す決心をした。彼らは魂の子。誰にも理解されない孤独な人間、誰の理解も求めない、意志の強い人間だった。

神保町の中華料理店で慌ただしく告白した後、朴烈と文子は、磁石に引きつけられる金属のように、瞬く間に親しくなった。はばかることなく、運命という言葉を繰り返し口にした。運命としかいいようがない。何回かしか会わなかったが、最初のぎこちなさはすっかり消えていた。時間を忘れた。自分を忘れた。彼の心に自分の心をくまなく探し見て、彼の目の輝きから忘れていた夢を発見した。

朴烈。朝鮮人。無政府主義を越えた虚無主義者。文子にとって、彼は単なる一人の男ではない。彼を愛するということは、新しい生を選択するという意味だった。朴烈の思想と行動、生活スタイルから、文子は今まで見当がつかなかった生の方向を探そうとした。尊敬と期待と熱望で、自分のなすべきことを探した。

誰の愛が深く誰の愛が浅いかを、明らかにする必要はなかった。自分が注いだ愛ほどの応えがない時は、自分が壊れるほど苦しんだ。愛しても、逆に愛を受ける資格がないと弱気にもなった。文子はそうした卑屈を乗り越えたかった。深く愛したかった。自由に勇気を持って愛したかった。

ある日、三崎町にある小さな食堂で食事を取ろう、と出かけた時だった。夜の七時頃、学校に行くには遅いし、家に帰るには早かった。春なのに夜の空気はまだ冷たい。文子は寒さで身体をすくめ、朴烈は文子の小さな荒れた手を力強く引いて握った。そして、無言でその手を自分のオーバーの手に突っ込んだ。初めて握った手、初めて分かち合った体温。着古したオーバーのポケットの中で手を握り合ったまま、二人はどこというあてもなく、足の向くままに歩いた。

日比谷公園に人影はなかった。遠くに聞こえる電車の音が夜の静寂を破り、空には星、地上にはアーク灯だけが静かに輝いていた。朴烈はいつになく陽気に語った。

「僕は慶尚南道の田舎に生まれた。祖先には学者や文化人もいたが、代々百姓をして生計を立てていた。父は僕が四歳の時に死んだので、顔すら思い出すことができない。母はとても慈悲深かった……父を早くに亡くしたので、僕は母をとても慕っていた。母の足を自分の足に縛り付けてからでなければ、眠れないくらいだった……」

朴烈は文子の手を優しく握ったまま、頭をそらして空を見上げた。

「昔々中国の人たちは、虎は北斗七星が変わってなった獣と考えていたそうよ。北の空に杓子のような形をした星が見えるでしょう？　数えたら全部で七つあるのよ」

「どこ？　どこのこと？　僕にはよく見えないよ」

「あそこ、あそこだよ。指先の方向をよく見なさい」

節々にたこができている、母の指を目で追うと、その先に煌々と輝く星の群れがあった。

「どれ、どれのこと？　僕の目に見えないよ」

「なぜわからないの？　末っ子が七歳で近視になったのかい？　星が空をびっしり埋めているのに、なぜ見えないの？」

母はじれったそうに朴烈の身体をぐっと引き寄せ、もう一度指を差し伸ばし、星の位置を教えた。母の胸は甘酸っぱい匂いがした。しきりに鼻をくっつけ、顔をすりつけて嗅いだ匂いだ。

「ほら見えるだろう。見えるのに見ようとしないのかい？　何だい？」

「へへえ、僕が虎年なので、一つ探してくれる？　お母さんが抱いてくれるのがよくて、わざとそうしたよ」

「大きな男の子になったのに本当に甘えん坊だよ」

「お母さん、僕はいくら大きくとも末っ子だよ。お母さんがくれるならオッパイも飲めるよ」

「ああ気味が悪い。もうおしまい。烈よ、さっさとあっちに行きなさい」

母は手を広げて横に振りながら朴烈を押したが、その力は冷たくも険しくもなかった。夜が更けた。しかし、星は眠らない。闇が深くなればなるほど、より美しくなる星。

幼い頃の記憶にひたった朴烈は、子どものように笑った。しかし、文子は彼のように笑えなかった。無籍者、この世のどこにもいない子ども。妻の妹との不倫で子どもを捨てた父。幾ばくかの生活費を得るため、娘を淫売窟に売ろうとした母。家族という名の地獄は、振返るだけでもつらいところだった。しかし、朴烈の顔に浮かぶ笑いを見て、文子は朝鮮にいる彼の母を想像した。

「男の子なのに、意志が弱かったらどうなるんだ？　母はどこにも行かない。僕という犬ころのそばにいつもいる」

子どもが正体なく眠りこけたのを見て、こっそりと立ち、少し斜めになって横になる母。子どものやるせないいたずらを憐み、子どもに頬ずりする母。彼らの足首に因縁の赤い糸のように結ばれていた布……。幸せだった。朴烈の幼少期は幸せに満ちていた。その情景を想像し、文子は微笑んだ。彼の「懐かしい国」が、いつの間にか自分の「懐かしい国」になった。

「十七歳になった春、東京に来た。その後は悪戦苦闘の生活だった。しかし、だんだん自分にもるようになった。筆先や口先だけの独立運動に興味を失った。僕は僕自身の道を行こうと決めた」

「私も同じよ。岩崎おでん屋で働く前、主義者が経営する印刷屋にいました。理論を実践に移す生活を期待しましたが、空しい夢でした。現在の歪んだ社会を倒し、理想社会を建設するため闘っている戦士と信じた人たちが、世俗的な目で物を見る俗物と変わらないことがわかったんです。勲章のように掲げて見せる思想には失望したわ。剥製になった革命にはうんざりしたんです。これからは、私がこれが真の仕事だと思うことをして行きたい。私たちは一緒に……やって行けますか？」

問いかける文子を、朴烈は燃えるような目でじっと見つめた。文子もまた避けることなく、その視線を真っ直ぐに受けとめた。

「あなたが願うなら、本当に願うなら、私たちは一緒にやって行けます」

「心にもないことを言うわけありません。私は本当にそう願っています」

揺るぎない覚悟を決めた文子の目が、朴烈の瞳にはっきりと映った。

「文子さん……僕は本当に真剣に運動するため、木賃宿に入りたいと思うんですが、あなたはどうです?」

長い間秘めていた言葉であるかのように、慎重に問いかける朴烈を見て、文子は胸が張り裂けそうになった。店が用意してくれた宿に泊まりながらでは、真剣に実践できないことを彼は認識していた。しかし、いきなり同居しようと言ったら、ひょっとすると文子の不興を買うかもしれないと思って、彼は同志に意見を求めるような、ぎこちない提案をしたのだった。文子は喜びでどきどきする胸をなだめるように、平然として答えた。

「木賃宿ですか、いいですね。そこなら身分を明かす必要がないし、警察に追われる危険性がずっと減るわ」

「しかし、知っての通り、そこはとても汚くて不便ですよ。ノミが出て、南京虫のようなものもうようよしていますよ。それを……あなた、我慢できますか」

文子は顔に出すまいとしたが、彼女の薄紅色の頬に現れた興奮と喜びを、朴烈が見逃すはずはなかった。自分の言葉一つに幼子のように喜ぶ文子を、朴烈はいじらしく思った。どうして愛するのか？　貧しさと苦難をものともせず、よりによって自分を。

　朝鮮でも日本でも、運動は男たちの専有物以外の何ものでもない。一九二一年の第二回メーデーで女性たちが運動に飛び込み始め、「赤瀾会」という独自組織まで結成しても、彼らは依然として少数派にすぎなかった。いや、日本内部の社会運動であるなら、理解と受け入れの余地があった。しかし、日本人ではなく朝鮮人と、文子は結びつこうとしている。

　日本人たちは電車内に座っている朝鮮人に「ヨボ、どけろ！　立て！」と大声を張り上げて、席を奪った。朝鮮人同士が互いに呼ぶ「ヨボ」という言葉を、馬鹿にして朝鮮人に対して使い、ニンニク臭いと蔑視した。良心と勇気を持った、一部の日本人たちでさえ、朝鮮問題には無関心だった。あとがうるさい。人道主義を標榜し、個人の自由と権利を主張する知識人でさえ、異民族の虐殺と抑圧には目をつぶった。ところが、この小さな日本人の女は、恐れることなく不逞鮮人と手を取り合ったのだ。自ら進んで、最も蔑視され虐待されている朝鮮人と、運命をともにしようとしたのだ。

「私を信じてください。私はできます。もしそうした小さなことを我慢できないなら、初めから何もできないわ。どうか私があなたと一緒にできるということを認めてください」

　文子の熱い求めに、朴烈はついにうなずいた。彼の顔もまた興奮で赤くなった。朴烈は何かに没頭して考えた後、また口を開いた。

「文子さん、ブルジョアたちは結婚すると、新婚旅行というのをやるそうですね。で、僕らも同棲記念に秘密出版でもしようじゃありませんか？」

「出版！　面白いですね。やりましょう！」

文子は少しはしゃぐように賛成した。

「何をやりましょうか？　私はクロポトキンの『パンの略取』を持っています。あれを二人で訳しましょうか？」

「あれはもう訳が出ています。それに他人のものなんか出したくないですね。それより貧弱でも、二人が書いたほうがいいですね」

冒険のような計画に熱中して意見を交わしている間に、彼らはいつしか公園をぬけ、通りに出ていた。時間がかなり経っているようだった。

「何時でしょう？　私は九時までに帰らなきゃならないの」

文子は名残惜しそうに言った。

「僕もわからない。ここで待っていてください。僕がちょっと見て来ますから」

朴烈は文子の小さな肩に軽く触れてから、矢のように早く走って行った。交差点前の交番に向かって走って行く彼の後姿を見て、文子は幸せな気持になり身体を震わせた。こんなに小さいことだった。彼女が今まで願っていたことは。ぴかぴか輝く金時計を巻いた手首を期待してはいない。時計なんて見る必要はないし、無責任に時間を延ばすのも嫌だった。ただ自分の言葉を真剣に聞き、あるがまま理解して貰えるよう願った。相手の苦労をもっと軽くしてあげたい、と心から思った。それだけだった。

愛は人を、細やかなことに感動し、馬鹿のように慌てふためく人間に変える。時間を調べようと走って行く彼の後姿が、やるせない涙の中に散らばって映った。彼らは時計を持ったことがない。

しかし、交差点前の交番にも、駅の広場にも時計はあった。時計は誰かのものであるにせよ、時間は皆の所有物だった。

「九時十七分前です」

急ぎ戻って来た朴烈は、喘ぐ息をしずめて言った。

「そう？　じゃ帰らなきゃならないわ」

「文子さん、もう三十分はいいでしょう。だって学校は九時に退けて電車が十分かかると九時十分でしょう。それなら、まだ二十五分や三十分はいいですよ」

我を通し横車を押すことは、幼児がする振る舞いだ。文子ともっといたいという気持を隠そうとはせず、大人っぽい品位を保って命じた。文子は重ねて感動して叫んだ。

「ありがとう。あなたはいいことを教えてくれます」

今度は文子が、朴烈の冷たい手を包むように握った。彼らは再び公園に行き、木陰のベンチに腰をかけた。

「寒くないですか？」

「大丈夫よ。我慢できるわ」

「この木は桜ですか？　春になろうとしているのに、まだ花の蕾が結ばれていないね」

「暗くてよく見えないけれど、それでもあの枝の先には芽が出ているわ。もう直ぐ春よ。どうなろうと春は必ず来るわ」

貧しい恋人たちは全身がかちかちに凍るまで、じっと動かずベンチに座っていた。寒くて疲れてはいるが、このまま別れるつらさを思ったら何ともない。冷たく固くなった文子の頬が、不意に温かくなった。朴烈が髭の生えた頬をくっつけて、文子の頬を温めたのだ。枯れた枝の中にも、若さ溢れる樹液が流れているように、文子の凍り付いた身体が溶けていった。

五十分経ち、ついに帰らなければならない時間となった。無言で公園の門に向かって歩く途中で、文子が沈黙を破ってしみじみと尋ねた。

「今晩はどこに帰るのですか？」

朴烈は少し考えて、寂し気に答えた。

「麹町の友人のところにでも行ってみましょう」

「行くところがあってよかったわ。だけど住む家がないと寂しくありません？」

「勿論寂しいです」

朴烈は足元を見つめながら、沈んだ声で答えた。

「こうして元気でいる時は何でもないんですが、病気なんかすると心細いですよ。普段は親切な友人でも、そうした時は嫌がりますからね」

「そうね、人は冷たいですから。それにあなたは少し痩せすぎじゃないかしら。東京に来てから、ひどい病気をしたことがありますか？」

「去年の春でした。ひどい風邪にかかりましたが、誰も看病してくれる人はいませんでした。三日ばかり飲まず食わずで、本所の木賃宿でうんうんと唸っていました。その時は、このまま死んでしまうんじゃないか、と心細かったですよ。何もなし遂げずに異国の木賃宿で死に、行き倒れの死体と一緒に焼かれるかと思うと……」

当事者であった朴烈は淡々と語ったが、文子はまた感情がこみあげてきた。口の渇きと空腹に耐え、木賃宿の冷たい部屋で、病んで独り苦しむ彼の姿を思い浮かべるだけで、ひとりでに涙が溢れてきた。文子は朴烈の手をひしと握り呟いた。

「もし、その時私が知っていたら、私たちがもっと早く会っていたら……」

出会う前の時間が恨めしい。が、ついに出会い、ともに時を分かち合えることになった。そのことに感謝したい。だからといって、朴烈は感情を高ぶらせることなく、きっぱりとした調子で言った。

「では、さようなら。また会いましょう」

朴烈は文子の手を放して神田方面行きの電車に飛び乗った。文子を見送らず、自分が先に背を向けたのは、弱い自分を見せたくなかったというより、涙を流す文子をこれ以上見るのがつらかったからだ。笑わせることができず泣かせてしまったので、余計なことを言って文子を傷つけたのではないか、と朴烈は後悔した。

暗闇の中を電車が消え去った。朴烈の古びたオーバーの裾が、挨拶するように風にひらめいた。ぼんやりと立ったまま、遠くなって行く彼の姿を眺めながら、文子は心の中で祈っていた。

――待ってください。もう少しです。私が学校を出たら、私たちは直ぐに一緒になりましょう。その時は、私はいつもあなたについていています。決してあなたを病気なんかで苦しませはしません。死ぬなら一緒に死にましょう。私たちはともに生きてともに死にましょう。

一九二二年春、世田谷の池尻に六畳ほどの小さな部屋を借りた。初めて彼らに地上の部屋が一つ、穏やかではなくとも温かい巣が誕生した。

文子は自分の選択を隠したくなかった。国法を拒否し家族制度と結婚制度を否定する立場から、同棲という形式を選んだが、何はともあれ男と暮らしをともにする以上、この事実を周りの人たちに公表しなければならないと思った。同意を得ようしたというよりは、自分を生んでくれた人に対するモラルとして、父と母に手紙を出した。知人にも知らせた。

日本人の友人たちは祝ってくれたものの、冗談っぽく警告した。

「なんとまあ驚いた！　日本人が朝鮮人と恋をしたら、結局日本人がでしゃばることになるんじゃないか」

しかし、本音と建て前を区別してなかなか本心を明かさない日本人より、心の中の思いが表に出る朝鮮人の方が、文子の心を楽にしてくれた。ひそかに傷をなめ心を揺らせるのは、今はもう嫌だ。嬉しい時には喜びを表したい。悲しければ、悲しんで泣き叫びたい。

「私はでしゃばる気持ちはない。今は、壊れ傷ついたものを集めて繕う時です」

ある女性の友は、朴烈の外見のあら探しをした。若い日の愛は目でするものだから、彼女の反応は理解できなくもなかった。しかし、かつて瀬川と玄にだまされた文子は、自分の経験から得たものを話すことができた。

「表面だけ見て、人を愛してはならないわ。それ以上のものを大切しなくては。愛を受けるのは他人じゃないの。まさに自分自身よ。そう。他人の中に発見できるのは自分よ。それこそ、自我の拡大といえるわ」

父から返信が来た。手紙を開けると直ぐに、文子の知らせを信じられず慌てて「ええ！」と大声を上げる父の姿が、ありありと思い浮かんだ。

「太政大臣藤原房前の子孫が卑しい朝鮮人と同棲することは、佐伯家の家系を汚すことだ。だから今日からは、お前と縁を切る。二度と私を父と呼ぶな」

父の手紙をくちゃくちゃにして、机の引き出しの奥に入れた文子は、ほろ苦い笑いを浮かべた。父のこうした反応は予想していた。他人に猫を一匹やる時、先方が猫を本当に欲しがっているのか、それとも猫を殺して三味線の皮にしようとしているのかを、普通は考えるはずだ。だが、父はその程度の人情も持ち合わせてはいない。子どもを自分の持ち物として、何かと交換することを考えるだけだった。文子がどんなに悲しく生きて来たのか、父は依然としてわかっていない。誰かが堅固に築いた制度と道徳と慣習に束縛されて、自尊心を失い、どんなに苦しみ呻いてきたかがわかっていない。

父は権力だ。西洋の文明国を手本に帝国を築く国民にならなければならない、と人民の目をくらませ搾取する為政者と、父は何ら変わらない。家族は狂気の日本社会の縮図だ。家父長を中心にまとまって、全体に奉仕する精神を育てるようつとめなければならない。天皇は父で、人民は子だ。父に孝行する子のように、天皇に無限の献身と犠牲を捧げなければならないのだ。

朴烈と文子が結ばれたことは、朝鮮人と日本人のグループでともに話題となり、酒席でしばらく酒の肴になった。興味深いのは、日本人、朝鮮人を問わず、平等と解放を叫ぶいわゆる「主義者」

たちさえ、朝鮮人男性と日本人女性が結ばれることを白眼視したことだ。特に日本人のグループでは、文子が朴烈を選んだことで、自尊心が傷つけられたようで不快だ、という反応さえ見られた。しかし、文子が「卑しい朝鮮人」と手を合わせることは、あまりにも自然のことだった。すべての権威を否定し、人間解放の道を探るためには、自分を否定しなければならない。民族と国家と家族という名の、世にあるすべての束縛から脱けなければならない。朴烈の絶叫は、直ちに文子の声になった。彼らは異口同音に唱えた。

滅ぼせ！　すべてのものを滅ぼせ！　火をつけろ！　爆弾を飛ばせ！　毒を振りまけ！　ギロチンを設けよ！　政府に、議会に、監獄に、工場に、人間の市に、寺院に、教会に、学校に、町に、村に……。

こうしてすべてのものを滅ぼすんだ。赤い血を以て、最も醜悪にして愚劣なる人類によって汚された世界を洗い清めるんだ。そうして俺自身も死んで行くのだ。そこに真の自由があり、平等があり、平和があるんだ。真に善美なる虚無の世界があるんだ。

ああ最も醜悪にして愚劣なるすべての人類よ！　あらゆる罪悪の源泉！　どうか願わくば、汝等自身の滅亡のため幸いあれ、虚無のために祝福あれ！

虚無が虚無に

時計を見なくとも、彼と会う時間が近づいていることがわかる。血のめぐりが速くなり、脈拍が激しくなる。息が絶え絶えとなり、心臓が固く締めつけられる。しかし、それは彼にへつらい媚びているせいではない。近づく。近づく。彼に近づくことは、生きることに肉迫することだ。もう逃げないことだ。彼のやせ衰えた胸を強く抱き締めるつもりだ。彼は命だ。命だから愛だ。愛である命だ。

しばしの別れにさえ耐えられなくなった時、彼らは一つの部屋に互いの小さな荷物を置いた。薄汚かったが、嫌とも思わず、彼らは今までとは違った暮しをすると約束した。過去と違って、誰とも違って。

「とうとう一緒に暮らせることになりましたね。私たちの望んだ通り」

がらんと空いたさほど広くない部屋を見渡して、文子は感激した様子で言った。

「みすぼらしい部屋だけど、木賃宿でなくて幸せです。実践行動も事業も皆いいんですが、あなたとこうした見苦しいところでは暮らしたくなかった、というのが率直な気持ちです」

「ありがとう。気を遣わないでください。でも、私たちの結びつきを、単なる男女の同居とは考えたくないんです。それで共同生活の原則を最初に決めなければと思います」

新生活に対する文子の覚悟は、大変なものだった。口を堅く結んでいる。朴烈は黙ってうなずいた。文子を信じ、文子の意志を尊重したかった。互いへの信頼と尊敬がない愛は、ただ単なる乱行であるのだから。

「私が約束したいことは三つです」

着物の袖からハンカチを取り出して、額にかいた汗を拭きながら、文子は言った。

「第一は、同志として同棲すること。第二は、私が女性であるという観念を取り除くこと。そして、第三は、一方が思想的に堕落して権力者と手を結んだ場合には、直ちに共同生活を解消すること……。どう、同意できますか？」

文子は一気に三つの条件を示し、嬉しそうに息を一つ吐いた。

「あなたの示した三つの原則を一言で言うと、主義のためにする運動にお互いが協力する、ということですね。それが私たちの共同生活の目的じゃないですか？」

朴烈は顔を赤らめた文子を見て言った。文子はしきりにうなずいて答えた。

「そう。私はどこまでも人間として生きて行きます。だから、か弱い女性として見られることを拒否します。力がない弱い女性という理由で施される、一切の恩恵をお断りするということです。相手を主人と見て仕える奴隷、相手を奴隷として憐れむ主人。私はこの二つを排斥します！」

朴烈がどう反応するかわからなかったが、文子はあらかじめ考えていたことをすべて話した。彼にとってただ一人の女であることを切に願いながらも、やはり彼も他の男たち同様女を束縛するのではないか、と恐れたのだった。

「いいですよ」

朴烈は静かに笑って言った。

「文子さんの意志がそうなら、僕が同意しないわけがありません。愚直な自分を貫くのは難しいことです。でもそれに一生をかけてみる価値があるのです」

周りでは、朴烈を異端児と呼んだ。よく評価する人は、気概と勇気が溢れる非凡な人と言ったし、曲げて見る人は、他人を無視する独断者と言った。しかし、文子が近くで見守った朴烈は、仙人のように穏やかながらも、情熱的な人間だった。妬みからよく言わなかった鄭又影が、「彼ほど真剣に考え、真剣に行動する者は、私たちの中にはあまりいない」と言うほどだった。朴烈は言行一致の人間だ。今まで文子が会った「主義者」たちの、既成の価値観に対する妥協的な態度とはかなり違っていた。

その中でも文子が魅力を感じたのは、貧乏を恥ずかしいと思わない堂々たる態度だった。

「家はそこで生活する人に似るというじゃない？　見ると、私たちのアジトが私たちと似てきたわ。縁を縫う糸がわからなくなっている畳、破れた障子紙、煤が真っ黒くついた高い天井に曲がってねじれた低い屋根……その上窓も一つだけ」

「畳の縁は文子さんが縫ってください。僕は障子紙を手に入れてきます。運よく窓は一つだけだから、隙間風はひどくないでしょう。見すぼらしくても、携帯用の火鉢を持っているので、冬も無事過ごせるでしょう」

　恐れない者には、貧しさはそれ以上の脅威にはならなかった。過ぎし日そうであったように文子は依然として貧しかったが、朴烈と一緒にいるため、貧しいという事実さえすっかり忘れていた。その言葉通り畳六畳の小さな部屋は、こじんまりとして居心地がいい。むしりとられた、畳の縁を縫い、障子紙を貼ると、落ち着いた状態になった。何よりも彼らの巣には、熾烈な生活を夢見る人間の爽やかな生気があった。一日の日課を終え家に帰ることは、決して嬉しいことではなかった。手に何も持たないで、遠くから羨ましく眺めるしかなかった、温かい明りが今そこで待っている。

　朴烈と文子は共同生活を決めた後、朝鮮人参の行商を始めた。それほど丈夫でない彼だが、生活の負担を文子に押し付けることはできないと考えていた。一方、「新婚旅行」について朴烈は、約束した通り、彼らだけの出版を急ごうとした。一日中つらい労働に耐えた後も、彼は夜明けまで執筆に没頭した。文子の眠りを妨げまいとして、掛け布団をかぶり、明りが洩れないように背を向けて座っている朴烈を見て、文子は感動し、しみじみと幸せを感じた。

　しかし、身体は簡単には心のスピードには追い付かない。一緒に暮らし始めてからしばらくの間、彼らは寝床をともにしなかった。最初に女性として扱わないでほしいという約束を受け入れたが、それは社会的な意味からであり、生物学的な意味ではなかった。彼らは手を握り、抱擁し、口づけした。普通の恋人たちのように愛し合った。それでも文子はためらっていた。思想が、覚悟が、約束が、越えることができない頑強な障害物が彼女の心の中で場所を占めていた。

「あなた……ひょっとして私の話が退屈じゃないの？」

だしぬけに文子は突然言った。

「それは一体どういうことですか?」

「私と過ごすことが退屈で、私をつまらないと感じたことはない?」

「そんなことはない!　聞きたくないほど退屈ならこのように聞いていないよ。なぜそんなことを言うんだ?」

「いえ、もしも……もしも私に飽きたらいつでも言ってください。私は大丈夫だから。約束を気にせず、率直に言ってください」

不遇な環境で育った人たちは、精神面で他人とうまくやっていくことが難しいものだ。愛されなかったために、愛がわからない。愛がわからないため、愛を信じられない。伊藤は文子を汚すと思った。瀬川と玄は、汚した身体を乱暴に扱った。しかし、文子が自分の意志で身体を汚したことは、ただの一度もなかった。父母が売ろうとしたことがあっても、文子自身は身体も心も売ったことはなかった。だが、繰り返された背信で傷だらけになった文子は、朴烈の温かい心遣いにもかかわらず、疑いと不安を振り払うことはできなかった。

しばしば強迫観念に襲われて問いただす文子を見て、朴烈は可哀想に思い胸を痛めた。彼女は自分の口で自分の過去を語らない。しかし、いらいらして揺れ動く眼球から、過去の苦しみが感じられた。彼女の傷はいまだに癒えていなかった。彼女の傷を癒してあげたかった。問われる度に誓い、また誓った。言葉だけではなく真情で、疑う必要がないと誓った。

「文子さん、あなたが背負って来た重荷をもうおろしなさい。いや、僕が一緒に引き受けましょう。

あなたが重ければ僕も重い。僕たちは互いに素直になりましょう」

朴烈の温かい息が、文子の耳たぶにかかった。彼の唇がゆっくりと顎の骨を伝い滑り降りて来た。文子ははっと息を止めた。恥ずかしくないんだ！　汚いことではないんだ！　朴烈の手が着物の前を開いて入って行く。速くなった息遣いとともに、上下する胸が緊張と興奮でぶるぶると震えた。楽しく興味深いことだ！　愛する者同士の気兼ねない遊戯だ！　しかし、幾ら自分に催眠をかけても、文子は朴烈を自然に受け入れることはできなかった。

「ああ、やめて！　頼むから。駄目だわ」

文子は朴烈の肩を押しのけ、あたふたと着物の前をかき合わせた。朴烈は惨めな表情で文子を呆然として見た。

「なぜそうなるのですか？　あなたが願うのは本当の愛のみでは？　それならなぜ無理に……いや、やはり僕が悪いようだ。あなたが望まないことを強要したくない。すまない」

「いいえ！　そんなことないわ。純粋な真剣な愛、プラトニックラブを私は信じない。それは理想主義的な観念論よ。私たちは肉体と精神の両方を持つ人間よ。でも、でも今はやめたい……」

「いいよ。今日のことは全く僕が悪い。もう一度謝る」

朴烈が欲望を抑え落ち着いた様子になると、今度は文子がおじけづいた。文子は本当に朴烈と結ばれたかった。それほどまでに彼を強くするもの、それを探し、自分のものにしたかった。それでも彼を抱き締めることなく、押しのけてしまった。強く望んだのに、怖がって逃げてしまった。慌ただしくかき合わせた着物を、文子は解きはだけ始めた。

「いや、そんなことはいや。私を抱いてください。私はあなたを求めています。私たちは身体も心も一つにならなければならないわ」

わけのわからない恐怖に駆られてがたがたと震えている、文子の裸身を、朴烈はじっと眺めた。彼女が吐き出さない暗闇、その消化不良のような吐き気を見守った。朴烈は首を振り、身なりを整え近づいた。

「ごめん、文子さん。こうしたことはやめましょう。僕はあなたを真剣に愛しています。それは肉体とも精神とも関係ありません。僕はあなたの手を絶対に放しません」

がらんとした部屋に一人残った文子は、声を上げて泣いた。ずきずきと痛む傷が、幽霊にように甦った。ようやく幸福をつかんだ時に、最も不幸だった記憶が、捨てられ虐待された傷がずきずきと痛んだ。誠意がない相手にみだりに投げつけた愛が、真剣な愛に出合った瞬間、ブーメランのように帰って来て、彼女を苦しめた。

初めて一緒に迎えたメーデーだった。朝は雲が立ち込め曇っていたが、開会の時間が近づくと次第に晴れてきた。文子と朴烈は会場の芝公園に向かった。公園は法被姿の労働者で既に一杯だった。

「すごい数の警官ね。公園の周りを完全に包囲している」

文子は緊張した表情で、周囲をきょろきょろ見回し言った。

「僕の側にぴったりくっついて。奴らは手当たり次第に検束している」

朴烈は文子の震える手を握った。彼らは熱気で盛り上がる群衆の中に入って行った。午前十一時になると、芝浦の労働組合員の演説が始まり、三カ条の決議が読み上げられた。正午頃には、人出が一万人近くに増える。その時、突然誰かが演壇に走り寄り、赤いビラをまき始めた。彼を捕まえようとする警官たちと労働者たちで、あたりはあっというまに修羅場となった。混乱した機会を利用して一人の朝鮮人が、演説するため演壇に向かって走って来た。その途端、下で待機していた警官たちが、彼を力づくで引きずり降ろそうとして近寄って行った。

「朝鮮人がなぜ駄目なのだ？　我々にも演説の機会を与えろ！」

朝鮮人の労働者たちが壇上で肩を組み、演説者を守った。すると「前へ！」という号令とともに、警官隊が一斉に不快な奇声を張り上げ、演壇を押しつぶし始めた。それから押して押される、身体のぶつかり合いが繰り広げられた。血まみれになり叫ぶ者と、帽子が破れた警官が一つところでもみ合った。燃え上がる篝火のように、赤旗が力強く前に進む。火薬の臭いと血の臭いが鼻につく。

「文子さん、こっちへ！」

混乱の渦中で、警官隊と労働者たちの間に挟まりたじろいでいる文子の手を、朴烈が握って引っ張った。しかし、文子が人波から離れて来る前に、警官が文子の長い髪をつかんだ。あっという間に彼らは、あちら側とこちら側に分けられてしまった。

「朴！　さあ行って！　早く逃げて！」

大男の警官に捕まった文子は、翼が折られた、一羽の鳥のようだった。身体をよじり逃げようとしたが、無駄だった。文子は怖かったが、朴烈が捕まらなければいい、と願った。しかし、朴烈は文子を一人置いて逃げることはできなかった。彼は潮が満ちるように溢れる人の波に逆らって、文子の方に進んで行く。そして、しっかり握った拳で、文子をつかんでいた警官の下顎を力一杯殴った。「ウッ!」という声を上げ、大きな図体の警官がひっくり返った。

「行こう、文子さん! 精一杯走れ!」

だが、朴烈が文子の手を握ろうとした瞬間、後ろにいた二人の警官が朴烈に覆いかぶさった。朴烈は犬のように何度も殴られ、ずるずると引っ張られていった。彼の口と鼻からは血が溢れ出る。文子は袴を裂き、血を拭った。血の塊は、彼らの愛のように赤く熱かった。

彼らは愛宕警察署に連行されて行った。警察署の留置場は、捕まった集会参加者で一杯だった。朴烈は男性房に、文子は子どもを背負った「主義者」の妻三、四名とともに女性房に入れられた。留置場は冷え冷えとしている。夜が更けると警官たちは、「明治四十二年購入」と書かれた毛布を配った。しかし、虫がうようよしている毛布で、身体をくるんでも温まらず冷気を避けることができなかった。部屋の片隅で毛布を裏返しにして使い、ぶるぶる震えていた文子は、ふと朴烈の声を聞いたような気がした。思いがけない耳鳴りか?

ところが、その瞬間、鳥肌が立つような金属音がして、女性房の鉄の扉が開いた。

「お前は文子か? 男性房の男に頼まれた。畜生、煙草一本貰ったぐらいでこんなことをするとはな」

ねちねちと嫌味を言いながら警官が投げ込んだのは、折りたたまれた毛布一枚だった。誰が寄こしたのかを尋ねる必要はない。分けることができるものはすべて分け、分けることができないものも譲ろうとする人は、この世にたった一人しかいない。鼻の付け根がつんとなり、目頭が熱くなった。文子の手を放さないという約束を、彼は最後まで守ったのだ。

「この、僕らのための地上にある一つの部屋！　ああ、どんなに欲しかった楽園だったことか！」

　警察署の留置場で数日過ごして帰って来ると、部屋は主を失ってひんやりしていた。しかし、鉄格子でふさがれ分けられて、もどかしい思いをした恋人たちの心は、今までないほど熱かった。朴烈が文子の肩を引き寄せ、胸に抱いた。文子は朴烈の脇の下で腕を伸ばし、背でしっかりと両手の指を組んだ。彼らは互いのやせ細った身体をぎゅっと抱き締め、優しく撫でさすり労った。悲しみをこらえるために噛みしめた唇がそっと開く。苦しみで歪んだ顔に、神秘的な喜びが広がる。

「生まれた日から私は不幸でした。横浜と朝鮮と浜松で、ずっと虐待に耐えなければなりませんでした。私は一度も自分自身であることができませんでした。自我というものを持つことができませんでした。しかし、これからは苦しい過去も否定しません。父、母、祖母と叔母、叔父……私に貧しい不遇の運命を強いたすべてのものを、私を挫けさせず、私を強くしてくれた運命を、そのまま受け入れます。私が何の不自由もなく育ったら、私が嫌悪し軽蔑する人たちの思想や性格をそのまま受け入れて、私自身を見出せなかったでしょう。今では、私を祝福しなかった運命に感謝しています。運命が私に恵みを与えてくれなかったお陰で、私は私自身を見出し、ついにあなたと出会えたのです……」

　文子は泣きたかった。いや、笑いたかった。泣き笑いで、彼女の口が歪んだ。文子を抱く朴烈の腕に力が加わる。

「ニイチェが言いました。軟弱な者は自分の運命を嘆くが、強い者はどんなに劣悪な運命であっても喜んで受け入れながら、それを自分を発展させる機会にするのだと……。あなたは強い人です。

そして、僕らはこうして一つになり、もっと強くなるのです」

運命の愛、ローマ神話の愛の神アモル、恋の神パーティー……朴烈の手が文子の胸にそっと触った。彼の掌の中で、文子の心臓が鼓動していた。朴烈はもう一度文子の手を引き、自分の胸に持って行った。一つの心臓ともう一つの心臓。彼らの命がまさにそこで、どきんどきんと打っていた。生に無責任である権利、日本帝国主義の束縛から逃れる自由、愛される権利と愛する自由を保障しろ！　虚無が虚無に向かって熱烈な大声で叫んでいる。

「私はまだ真実がわかりません。しかし、少なくとも嘘偽りが何かが少しずつわかってきています。だから、嘘偽りを避け、それから必死に逃げています。そうして嘘偽りから逃れたら、いつか真実だけが現れるのではないでしょうか？　少しは真実に近づけるのではないでしょうか？」

彼らを覆っていた、最後の膜がとれた。彼らは互いの無垢の核心を、眩しそうに眺めた。朴烈の高まった熱望が、ゆっくりと文子に向かって入り込んで行く。いつも切なく恥ずかしい湿気で一杯になっている、太古の洞窟、そのじめじめした底は温かい。朴烈は慎重に暗闇を探って行く。慣れない光で露わにされたように、文子が眉間に軽くしわを寄せた。乾いた肌に水気が沁みこみ始めた。熱気を放つ息が耳元をくすぐる。彼らは同時に身体をぶるっと震わせた。ともに上って行った。二度と互いを失わず、最後まで一つの塊であり続けるのだ。

生きていることの証明のような情事の末には、死の予感がある。身体を貪り合い、人びとは少しずつ死んで行く。しかし、果てて文子の胸に倒れ込んだ朴烈の顔には、厳然たる終末をうかがわせる、奇妙な喜びの表情があった。閉じた門の向こう側でだけだが、ぼんやりとしているものの、光をついに手に入れることができた文子の表情は、生まれる前のそれのように平和だった。あなたは私でなく、私もあなたではない、その果てしなく遠い刹那。若さも命もそのように一瞬間だ。

ただ反逆するということ

たったっと慌ただしい足音が、薄暗い夜明けの街に響き渡った。小さな影が路地の曲がり角を回って引き返す時、暗闇で他の影が飛び出し、手首を引っ張った。一人の男と一人の女。影は塀にぴたっと沿い、額を突き合わせ、しきりにひそひそと話し合っていた。

「子どもは無事始末できましたか？」

「ええ、うまく引き渡しました」

男と女は警戒して更に声を低くした。

「念のため、今日は家を空けましょう。この前病気見舞いに来てくれた、丸の内にある赤い煉瓦の病院の医者が、また来るかもしれないから！」

「やはりそれがいいようね。まだ生まれていない子どもの顔とその子どもの将来の目標まで、詳しく尋ねるくらい親切な方ですもの。お腹の子どもも怖がって、なかなか出て来なかったわ」

他人には何のことかよくわからない、込み入った会話を交わしながら、彼らはいたずら小僧のようにくっくっと笑った。

「どこへ行きますか？」

「私は初代さんの家に行ってみます。あなたは？」

「僕は一旦神田の方へ行きます。落ち着いたら、直ぐに知らせます」

「そう、なるべく早く連絡してください。あなたが本当に……恋しい」

「僕も同じです。でも、少しの間だから心配しないで。早くまた会って、次の子どもを迎える準備をしなければ」


ふと後ろを振り返り彼らは暗闇の中に消えていった。まるで自分の分身が遠くなっていくのを見るように、可哀想に思って心を残しつつ、ゆっくりと別れた。

恋愛結婚が増え、新婚旅行が一つの流行になる。長い間西欧の象徴だったイギリスに憧れる人たちは、ロンドンに行った。万国博覧会後、新しく世界文化の中心になったフランスに幻想を抱く人たちは、パリに行った。小説の中のロマンと映画の中の情熱に動かされ、甘い新婚旅行に出かけて行った。しかし、朴烈と文子の蜜月は、冷酷なロマンと険しい情熱でほろ苦かった。一九二二年七月、四ページの新聞形式の雑誌『黒濤』が創刊された。創刊号の編集後記「ボロ屋の二階から」の作者は、「黒濤会雑誌部臨時小使　金子・朴烈」だった。

俺達は人間としての弱者の叫び、所謂不逞鮮人の動静、及び朝鮮人の内面に未だ血の硬化していない人間味の有る多くの日本人に紹介すべく、ここに黒濤会の機関誌として雑誌『黒濤』を刊行する。俺達の前途に障碍物の有る事を知って居る。然し是等の障碍物の悉くを征服した時、そして世の多くの人々が俺達を顧みた時、其の時！　俺達の日は来るのだ。其の時こそ真の日朝融合！　否、万人の渇望して止まない世界融合が実現されるのだ。

雑誌の表紙の真ん中には、木の柱に鉄鎖で縛られたまま身悶えする、裸になった男の姿が描かれていた。ペリシテの女人に頭を剃られたサムソンのように、顔は苦痛に歪んでいた。しかし、彼には力強い筋肉がある。このままで死ぬわけはいけないという憤怒がある。そして、彼のぴんと張った頸動脈の横には、彼を励ます言葉が彫られていた。

「ただひたすら自分の力で！」

頼母子講の人たちと東京見物に来た母が、文子の貸間を訪れた。朴烈は文子の複雑な表情に目をつぶって、文子の母に朝鮮式のお辞儀をした。しゃがんでお辞儀された母は、朴烈が部屋を出るやいなや、文子にたたみかけるように訊いた。

「どんな生活をしているのかい？　お前の格好は……びっくりだよ」

「私の格好がどうだっていうの？　お母さんは気に入らないの！」

「お前の目には自分の姿がまともに見えるのかい？　全く男と同じで、女らしさがないよ。頭はいつ断髪にしたんだい？　それに着ている服は……それは朝鮮服じゃないか？　ああ、男用の鞄までさげて、一日中一体どこを歩き回っているんだい？」

「朝鮮人参の行商をしているの。私が食べるものは、私が稼ぐの。そして、朴と一緒に雑誌を出しているのよ。彼はいい人よ。私のことをよく知っていて、深く理解しているわ。私たちは助け合って生活しているの」

「でたらめな人には見えないけど……。お前の格好を見たら、どうして男と女の二人暮らしと言える？　他から見たら、仲のいい男二人が一緒に暮らしているように見えるよ」

母の願望が混じった非難に対して、文子はさらに答えるのをやめた。そう見えたなら、むしろ幸せだ。彼女が望んだ通りになったわけだ。男がいなかったら生きていけない母、男に頼らなければ自分で立つことができない母。ふらつく母に似ないことが、文子が抱いた望みの一つだった。

「どういうわけか……朝鮮から帰って来てから、お前は変だった。万歳運動の頃、祖母の家で使っていた作男について話した時も、わあわあ泣いてしまった。でも、お前は日本人じゃないのか？日本人が朝鮮人の運動を助けることができるのかい？」

「私が愛する男性が朝鮮人だということは間違いない。私は日本人だけれど、日本人が憎たらしくて怒りがこみあげてくるわ。もしかするとわかっている？　岩下の家はアヘンを密輸入して、盗賊のように朝鮮人から搾り取っていたのよ。私はアヘンを薬包紙に包むことまでさせられたの。朝鮮人を病気にする麻薬を、私は包んでいたのよ」

朝鮮での悲惨な記憶と虐待された朝鮮人たちを思い起こす時、文子は自分の言葉に酔うように感極まった。日本人の友人と話す時も、いつもそうだった。しきりに涙を流しながら、早口の強い語調でいつまでも語り続けていた。困った朴烈がもうやめよう、と言ってもやめない。本当に途切れることなく話し続ける。母はあっけにとられて、泣き叫ぶ文子を呆然と眺めた。

「私は……日本で見捨てられたものだった。朝鮮でも日本人集団から、見捨てられたものだったわ。

お母さんは全部忘れてしまったの？　私は無籍者で、幼い時から皆から外され、死んだ子のように扱われた。お母さんが頭を平身低頭してお願いした結果、学校に通えることになったけれど、出席簿には私の名前がなかったのよ。卒業証書も他の子たちとは違って、半紙一枚貰っただけ。だから、権力者がいつも非人間的であるのがわかる。私の身体で体験した痛みとつらさを通して、はっきりとわかる。だから、私と同じように苦しんでいる朝鮮人をどうして無視できるの？　私はこうした運動を他人事として、お金を稼いだりできないわ」

「でも……何もしてあげることができない母さんでも、子どものことは心配になるの。聞けばあの男は要注意人物になっている朝鮮人で、それも不逞思想に染まっている者だと……。監視され、尾行されて、どうして平穏に暮らせると言えるのかい？」

「気楽に生活することは、初めから諦めているわ。私たちは貧しくておから飯さえ、腹一杯食べられない。私は信じているの。もし朝鮮に朴烈のような闘士が三十名ばかりいたら、朝鮮の独立は直ぐに実現できるし、朝鮮人が全世界を制覇するでしょうよ」

文子の過激な言葉に、母はあきれて言葉を失ってしまった。皆が蔑視している朝鮮人を擁護し、独立とかの不穏当な言葉をやたらと吐くとは！　母は怯えたように、あたふたと座布団をはたき立ち上がった。そして、別れを告げ、内股でゆっくりと去って行った。

ひょっとすると、これが最後か……。文子はもう会えないかもしれないという予感にとらわれたまま、母の後ろ姿を眺めていた。新宿と銀座と九段の繁華街を歩き回りながら、母は何を見るのか？　上野公園の桜を眺め何を思うのか？　得体の知れない人間になってしまった娘に危険を感じ、もう訪ねては行かない、そう確かめるのか？　ほんの少しでも罪悪感を感じ、後悔しているのか？

文子のざらざらした頬を、一滴の涙がすっと流れた。

「私たちは各自の自由な自我を無視し、個性の完全な発展を妨げる不合理な人為的統一に最後まで反対し、また全力を尽くしてそれを破壊するよう努める。私たちには、どんな固定的主義もない。人間は一定の型にはまる時、堕落し死滅するのだ。マルクスやレーニンがぺちゃくちゃ喋った言葉も、右翼の腹黒い犬が吠えた言葉も私たちには不要だ。私たちには私たちだけの貴重な体験があり、生まれつきの才能があり、方針があり、熱く燃える血がある。私たち自身がしなければならないことと、私たちがしてはならないことを、私たち自らが判断する。どんなに強い権力であっても、私たちの行動を縛ることはできないのだ！」

在京の朝鮮人無政府主義者と共産主義者で構成された黒濤会は、しまいには分裂し解体した。連合しても、実際には共産主義より無政府主義の傾向が強かったからだ。難産の末生まれた、朴烈と文子の「子ども」も、二号で廃刊となる。共産主義者と決別した朴烈は黒友会を結成し、文子とともに新しい雑誌を準備し始めた。雑誌の名前は『太い鮮人』だ。初めに彼らが考えた誌名は『不逞鮮人』だった。しかし、警視庁がそれを認めず、あえてそうした名前をつけると宣言した朴烈を、「太い奴」と呼んで怒鳴りつけた。『太い鮮人』という名は、まさにそこからヒントを得たものだった。

文子は『太い鮮人』には、朴文子という筆名を使って書くようになった。日本人の既婚女性が、普通夫の姓を名のるのに倣ったのだ。朴文子は社説「いわゆる不逞鮮人とは」で論じた。

不逞鮮人という言葉が、正しい意味に於て解し、而して正しい意味に於て使って居られるだろうか？　不逞鮮人とは、飽くまで自由の念に燃えて居る生きた人間であり、我々不逞鮮人は所謂其の筋が如何に勝手な鎮圧策を弄するとも、如何に巧妙な取締法を布こうとも、今日に於ける日本と朝鮮の関係が其の儘続く限り、不逞鮮人はよし殖えようとも決して減りっこは無いのだ。

朴烈と文子の闘いが熾烈になるにつれ、当局の視線はより冷たく険しいものになる。朴烈は東京でだけで五十回以上検束され拘留された。一時は尾行する警官が二人つき、どこに行くのにも監視された。家の前にも警察の派出所が設けられ、出入りする者をいちいち調べた。文子もより圧迫されるようになった。ある日、予告もなくやって来た警視庁の刑事によって、世田谷警察署まで連行された。刑事の、恐ろしいほど吊り上がった目に身の毛がよだったが、文子は淡々と持ち物をまとめ、警察署に引っ張られて行った。

——結局、嗅ぎつけてしまったんだ……。いや、前から嗅ぎつけていたようだったけれど。

いつの間にか、文子も「不逞鮮人」になっていた。日本人でありながら日本に敵対し、朝鮮人とともに闘う、日本人でも朝鮮人でもない異邦人。それにもかかわらず、文子は「大日本帝国臣民」でないことを喜んだ。もはや人形やおもちゃでない、ただ一人の人間としての自分であることを。

一九二三年四月、朴烈と文子が新しい組織の不逞社を結成したのは、自分たちの思想をもっと大衆的に広めるためだった。黒友会の機関誌『太い鮮人』は『現社会』と改名されたが、その後も当局の圧力は途切れることはなかった。雑誌の発行をめぐっては闘争があった。雑誌が印刷所で製本されるやいなや、当局に押収され発禁処分を受けた。印刷所を次々と変え隠そうとし、秘かに配布しようとしたが、それにも限界があるのは明らかだった。

「社会運動は民衆的にやらねばならない。大衆的に行われなければならない。そのためには、あちこちに仲間を増やさなければなりません」

朴烈に文子は全面的に同意した。

「そう、あなたの言う通り。黒友会の会員は比較的にしっかりした無政府主義思想の持主だから、内部だけの活動はもう意味がない。無政府主義と距離を置いている人たちを結集して、この主義を広げなければならないわ」

「我々の主張に少しでも同調する人から先ず集めよう。民族主義的でもない、社会主義的でもない、ただ反逆ということに賛同するひとたちを」

その間、朴烈と文子は生計のため孤軍奮闘した。雑誌の価格を四十銭としたが、殆ど売れなかった。朝鮮人参の行商で稼いだ僅かな収入では生活費にも足りず、彼らは他の新聞社や雑誌社を訪ね広告費を集めるという「会社ゴロ」稼業をしたり、後援者からカンパを貰ったりして、何とか雑誌を発行し続けた。だが、抵抗する朝鮮人と日本人を結集するためには、集会場所となる、もう少し広いアジトが必要だった。

「大したお金になりませんが、これを売って引っ越す費用の足しにしましょう」

朴烈が文子の前に出したのは、彼のボロ鞄の一番底にあった『国民経済講話』という分厚い洋綴じの本だった。

「でも、これは……あなたが大事にしていた本じゃない？　長い間少しずつお金を貯めて買った本なのに……」

「そうだよ。これは十二円くらいになる、かなり値打ちがある本なんです」

だが、朴烈が出した本を、文子は気軽に受け取れなかった。一冊の本を買うために、何食も抜き水で飢えをしのいでいた彼のことを思えば、とても古本屋に売り渡すことはできない。

「さあ、受け取って。内容は僕の頭に全部入っているから、手元に置いておく必要はもうないよ」

朴烈に無理やり本を手渡された文子だったが、どうしても売ることはできない。

「これを売ります。古本屋で買った代数学の本はまだ使えるし、英和辞典はきれいだもの」

結局文子は、苦学しながら自分で買った本を古本屋に持って行った。朴烈が出した『国民経済講話』は、五円で質入れすることになった。その金を合わせて朴烈に渡したが、その内訳を文子は秘密にした。いつかお金ができたら、いつか暮らし向きが少し良くなったら、彼の手垢がついた貴重な本を必ず取り戻そう。彼は驚いて目を丸くし、口元に静かな微笑を浮かべるだろう……。いつの間にか文子は、自分よりも彼を愛していたのだ。

朴烈は以前活動していた黒濤会と血拳団、現在所属する黒友会で出会った人たちを中心に、不逞社の会員を集め始めた。文子は正則英語学校で出会った新山初代を訪ねた。文子より二歳年上の初代は、知性的で言語感覚が優れた、意志が強い女性だった。彼女は女学校二年の時結核にかかり、故郷で療養しながら仏教に心酔した。タイピスト学校卒業後、イギリス人が経営する会社でタイピストとして働いていた。初代と文子が親しくなったのは、たまたま死について話し合った時からだ。初代は憂鬱そうに言った。

「私は肺病です。だから死についてかなり深く考えたつもりです。で、私は思うんです。人が死を恐れるのは、死そのものよりも、死に移る瞬間の苦痛を恐れるのではなかろうかと。なぜって、人は睡眠を怖がらないじゃありませんか。睡眠は意識を喪失する点では、一時の死と言えるでしょう。だから、恐れることはおかしいことなんです！」

その時文子は、はっと鉄道と川の水と石で一杯になった着物を思い出した。その苦痛に満ちた、朝鮮での記憶を歯を食いしばって思い起こし、初代の議論は間違っていると思い言った。

「私はそうは思いませんね。私は断言できます。人が死を恐れるのは、自分が永遠にこの地上から去るのが悲しいからです。言葉を変えていえば、人は地上のあらゆる現象を平素は、何とも意識していないかも知れませんが、実は自分そのものの内容なので、その内容を失ってしまうことが悲しいんです。睡眠は決してその内容を失っていません。睡眠はただ忘れているだけのことです」

初代は澄んだ輝く目で訊いた。

「あなたは死の体験があるのですか？」

「ええ、あります」

こうして彼らは、離れることができない、大の仲良しとなった。ベルグソン、スペンサー、ヘーゲル、シュティルナー、ニーチェ……初代の紹介してくれた本を通して、文子は初めて思想に目覚めた。しかし、初代は社会主義者の実践活動に批判的で、彼らに冷ややかな目を向けていた。

「私はできない」

初代は言った。

「私は人間社会にこれといった理想を持つことができない。だから私としては先ず、気の合った仲間だけで集まって、気の合った生活をする、それが一番可能性のある、一番意義のある生き方だと思うわ」

「初代、そのような考え方を、現実逃避と呼ぶ人がいるのをわかっているの？　だからといって、あなたを非難しようとは思わない。今の社会を万人が幸福になる社会に変えるのは不可能だ、と私も思う。あなたと同じように、別にこれといった理想を持ちたいとも思わないわ。でも、私たちが新しくつくろうとしている不逞社は、思想を強要するのではなく、研究するための集まりよ。すべて個人の自由意志で何でも議論できるの。初代さん、あなたが加わってくれたらいいのに」

人間の生と死について悩む初代は、不逞社のような反逆団体に関心があるように見えなかったが、文子は最善を尽くして初代を説得した。文子は初代と似ているところが多かったが、一つ大きな考え方の違いがあった。

ユートピアがギリシア語で「どこにもない」ところであることはわかっている。しかし、たとえ社会に理想を持たないにしても、私たち自身の仕事があり得る、と文子は考えた。それが成就しようとしまいと、私たちに関わることではない。ただこれが真の仕事だと思うことを、私たちはすればいい。反逆と抵抗、それをすることが真の生活だ。私はそれをしたい。それをすることによって、私たちの生活は今直ちに私たちとともにある。遠い彼方に理想の目標をおくようなものではない。

千年の暗闇もローソク一つでなくなる、というインドの諺がある。若さに任せて勇猛果敢だった彼らが信じたのは、まだほんの一筋にすぎない光だった。

足元の亀裂

爆弾が欲しかった。汚い世間を、つらい記憶を、悲しみと不安と恥辱までをも一度に吹き飛ばしてしまう、光と熱の塊。爆発させたかった。殺して死にたかった。絶滅、あるいは寂滅。

「朝鮮で金翰（キムハン）という人に会ってきた」

朴烈が文子に爆弾入手計画を初めて明らかにしたのは、同居し始めた年の夏だった。京城の天道教の教会で開かれた演説会に参加した朴烈は、その際朝鮮無産者同盟会委員の金翰と会った。日本留学と中国生活を経て、大韓民国臨時政府の秘書局長として活動していた金翰は、以前から雑誌などを通して朴烈と交流していた。

「私は彼に言った。日本に徹底的に対決するには、非常手段をとる他ない。宣伝などの表面的な運動は、日本の権力者を欺くための手段でなければならないと」

「それに金翰はどう答えたの？」

「彼は私の運動論に、全面的に賛成したよ。だから、これからも連絡を取り合うことを約束し、年末までには……爆弾を分けてくれるつもりのようだ」

朴烈の瞳に、炎が燃え上がった。恨みと憎しみと復讐心で青黒く燃え上がっている熱情。しかし、朴烈が自信に溢れる様子を見せているにもかかわらず、文子は不安感をなかなか拭い去ることができなかった。

金翰が立ち上げた朝鮮無産者同盟会は、中国で活動する義烈団と関係があった。義烈団は朝鮮を解放し、階級を打破し、土地を均分するという綱領を掲げ、数多くの暗殺と破壊行為を実行していた。密陽警察署投弾事件、朝鮮総督府投弾事件の他にも、上海で田中義一陸軍大将狙撃投弾未遂事件を引き起こし、日本帝国主義の肝胆を寒からしめた団体だった。しかし、秘密結社の義烈団の運動論に同調したという理由だけで、爆弾を分けてくれるとの約束ができたとは、なかなか信じられない。それに、金翰と朴烈は、事前の交流が全くなく初めて会ったのだ。どんな対話がなされたか詳しくはわからないが、その程度で交渉が進展するとは思われない。

「もう一度行かなければならないかもしれない。爆弾を確実に手に入れるためには、やはり義烈団と直接連絡を取ることだ」

朴烈は直ぐにも動こうとした。性急だった。しかし、文子の予想通り、爆弾は容易に入手できなかった。初冬の頃、朴烈は再び朝鮮に行き、金翰に会って遅くとも来年秋までに爆弾を渡してほしい、と頼んできた。いずれにしても義烈団の金元鳳(キムウォンボン)は「我々の団体の目標は京城と東京の二か所」と明言しており、爆弾の東京配置計画に朴烈の存在が事実欠かせなかった。

中国から朝鮮を経由して爆弾が届くのを待つ間、朴烈のもとには桃色をした封書が届いた。玄界灘を行き来する恋文を装った手紙には、京城の官妓李小紅(イソホン)の名前が記されていた。妓生ながら社会主義者の李小紅は、金翰と朴烈をつなぐ連絡員の役割を担っていた。アルファベットと数字を組み合わせた暗号を使って、朴烈が返信を書き、文子が桃色の封筒に李小紅の住所を書いた。

——今度は本当に……爆弾が私たちの手に入るのか？

爆弾という破壊の象徴は、かなり前から朴烈の心をつかんでいた。朴烈が爆弾を入手しようとしたのは、今回の義烈団ルートで三度目だった。最初は、日本の社会運動家に紹介された外国航路船員杉本に頼んで、欧米などから爆弾を入手しようとした。二度目は、上海臨時政府の崔爀鎮(チェヒョクチン)と会い、朝鮮に持ち込まれた爆弾の一部を東京で受け取ろうとした。しかし、二度とも失敗し、朴烈は次第に焦り出す。

三度目も、思い通りにならない点では同じだった。金元鳳の特使が京城まで来たという話まで聞いたが、以後連絡がぷっつりと切れた。そうして一カ月が過ぎたが、消息がなかった。いつも沈着な朴烈でさえそわそわして、一日に何度を郵便配達夫が来ないか、と文子を急き立てる始末だった。そして、ある日の夕方、外出していた朴烈が、真っ白な顔をして帰って来た。「金翰……金翰が捕まったよ！」

青天の霹靂のような知らせを聞いた文子は、朴烈が持って来た新聞に載っている記事を事実として受け入れた。

「爆弾運搬者が中国と朝鮮の国境付近で、軍閥の張作霖の配下に逮捕され、爆弾もすべて没収されたようだ。それに、義烈団員金相玉(キムサンオク)の鍾路警察署投弾事件に関係しているとの嫌疑で、金翰が捕まってしまった。取り調べの過程で、爆弾入手計画まで発覚してしまうだろう」

新聞に載っている、名前は知っていたが面識がない金翰の写真を、文子はぼんやりと眺めた。朴烈ほどではないものの、文子の衝撃も大きかった。しかし、計画が雲散霧消して落胆している朴烈と違って、文子の心境は複雑で微妙だった。

——目の前に爆弾があったとしても、それを喜んで使ったかどうか？　爆弾を投げつけ何をぶち壊すというのか？　自分はそれほど熱情的な人間か？　権力に反逆するという、心地よい想像に幻惑されたためでなかったのか？

朴烈は疑いを持たない人間だった。彼は誰よりも自分自身を信じ、自分の行動の正当性を信じて疑わない。しかし、文子は懐疑を繰り返す。社会に対する不信が深くて強いほど、自分自身に絶えず問い続けた。彼を愛し信じる。信じ愛する。しかし、どういうわけか性急な朴烈の姿に、革命的ロマンチシズムの非現実性を感じた。

彼に同調し爆弾入手に熱を上げることが、自分の意志ではないのではないか、ふと文子は思った。正確に照準されない爆弾は、飛んで行かずに足元に落下する。飛んで行っても爆発せず不発弾となる。長く使った皿に生じたひび割れのように、外に現れない亀裂を少しずつ感じるようになった。しかし、愛したのだから、小さな違いを感じただけでもつらかった。でも、つらくても言えなかった。机上に置いた新聞をじっと見ていた文子を、朴烈は暗い目で見つめていた。

人でも組織でも、孤立した状況と熱情が出合えば、より過激で激烈なものになる。だんだん弾圧が厳しくなる中でも、政治的ロマンチシズムで誕生した不逞社は、平坦な道を歩んでいた。特に一致して何かを為そうとしていたわけではない。豊多摩郡代々木にある、典型的な日本式木造建築の二階建ての借家には、不逞社という表札が堂々とかけられていた。通りに面した二階の壁に、漫画家小川武が赤黒い絵を描いた。赤いインクで大きなハートが描かれ、その中に大きな黒い文字がそびえるように書かれている。

「反逆！」

この挑発的な文字は、通行人の目にもふれた。それで周辺の住民たちは皆、この家を怪しいと思っていた。二階の部屋の机上には、小さな額が置かれていた。額には、何かが刺さって血が流れているハートの絵がはめ込まれていた。不安定で、無謀で、激しい勢いで突っ走る若者たちの、傷ついた心臓から赤黒い血が溢れ出ている。

不逞社の会員は二十三名だった。朝鮮人十七名と日本人六名で構成され、皆が二十代だった。思想的には無政府主義者が多数を占めていたが、上野弁天堂の僧侶崔英煥（チェヨンハン）のような仏教徒もいた。様々な背景と履歴を持った彼らの共通点は、苦学生か労働者であるという事実だ。

「このような団体で秘密活動はできるものではない。だから大っぴらにやる。団体としては研究くらいしかできないから、それぞれ気の合った人間たちで、秘密活動をやるなりやらぬなりするのは自由だ」

最初の集まりで朴烈が明言した通り、不逞社は公開組織だった。文子と親しいことから不逞社の一員となった初代や、厭世主義者の永田圭三郎までもが参加していた。会員加入は推薦制だったが、退会は自由だった。勿論、不逞社の組織問題について議論された際には、研究だけでなく実際運動をやる、と一部の者が言った。また、直接行動に出なければならないという主張もあった。しかし、

十分議論した結果、直接行動に出るのは各人の自由意志に任せると決めた
　自由意志！　その魅惑的で不安定なもの！　彼らは揺れ動きながら道を探した。頭を突き合わせながら、学び、討論し、模索した。毎月一回定期的に会合する時は、代々木の二階の小さな部屋は熱気に包まれた。「主義者」の象徴になっていたルパシカを着た朴烈は、不逞社をリードした。節度を保ちながら、時には大言する彼の姿は、アントン・チェーホフの小説に時々登場する「ユロージヴィ」に似ていた。眩惑されずに悟りを開くために奇行を重ねる指導者のように、おどけて見せる姿も敬虔だった。

「あの男性は、詩的革命的ロマンチシズムの傾向が強すぎる」

　懐疑主義者に近い初代は、朴烈の火のような情熱と信念が気に入らないようだった。

「あなたがなぜ彼を愛するのか、私はどうしてもわからない。あなたは本当に愛を信じるの？　愛のようなもの……私たちには縁がないものじゃない？」

　初代の問いかけに、文子は少しの迷いもなく答えた。

「愛……。それよ。それはいつもなじみが薄いものよ。でも、愛がなじみが薄いのは、生がなじみが薄いからだわ。生になじめば、愛になじめるの。しかし、なじんだ愛は愛じゃない。薄汚い惰性なだけ。私は愛にも、生にもなじみたくない」

　文子は無政府主義者として、それぞれの会員の自由意志を尊重する不逞社に愛着を持っていた。そして、熱と光に飛びつく火取蛾のように、無鉄砲で怖いもの知らずの朴烈を、心から尊敬していた。ソクラテスは「愛に勝とうとするならば、愛を避けることが賢明な策だ」と言った。ところが、

そもそも愛に勝つことが必要なのか？　敗北してやる、喜んで、快く。

　しかし、各会員の自由意志を尊重したとしても、不逞社は机上の空論に没頭するだけの組織ではなかった。その時その時の決議にそって、彼らは直接行動を実践した。独立運動資金を着服した張徳秀（チャンドクス）と社会主義者を罵倒した、『東亜日報』の記者金炯元（キムヒョンウォン）などが、彼らに棍棒で殴られた。民衆画家望月桂を招いて日本労働史を学び、民衆芸術論を主張した加藤一夫を招いて革命思想を学びもした。朝鮮で差別を受けていた白丁の解放運動を始めた朝鮮衡平社に祝電を送り、東京市電のストライキを指導し投獄された中西伊之助の出獄歓迎会も開いた。無政府主義を象徴する色である黒色のように、彼らは世のすべての色彩を吸収し噴き出そうとした。

　ところが、少し緩んでいたものの密度の濃い生命力で活動していた不逞社が、思いがけない危機を迎えたのは、八月に開かれた第六回例会でだった。朴烈と文子を含む十五名が出席し、馬山の線路工夫と解散を命じられた衡平社に激励電報を打つことなどの議題を、一時間ほどかけて討議した。そして、何人かが帰った後、黒友会の解散問題が本格的に論議された。会員たちの考え方の違いがはっきりしてきた黒友会だが、知識人の真似をするような研究組織に転落したとの批判が起こり、解散問題が提起されたのだった。黒友会は不逞社会員でもあった金重漢（キムジュンハン）の名義で事務所を借りていたが、少し前に金重漢が黒友会の機関誌『民衆運動』の編集人をやめ、『自擅』という新雑誌を出すことにしたため、黒友会は有名無実となっていた。

　東京の夏の夜は、じめじめして蒸し暑い。議題に上った事案も同じように愉快なものではない。しかし、その夜のべたべたとした不快感は、どういうわけかいつもと違っていた。ぴんと張りつめた緊張感と敵対心のようなものが、煙草の煙と蚊遣火に混じって立ちのぼっている。結局、黒友会の解散が決まった。決定が出た直後、会議中ずっと納得がいかない表情を隠さなかった金重漢が不満をぶちまけ始めた。

「朴烈同志！　君は私のことを、皆に中傷して回っているそうじゃないか？」

金重漢の思いがけない一喝に、文子は面食らって朴烈を眺めた。朴烈は何か思い当たるところがあるような落ち着いた態度で、金重漢の言葉を受けとめた。

「君のことを批判したことはあるが、中傷したことはない」

朝鮮で無政府主義運動に参加し、不逞社成立直後日本に来た金重漢は、性格が荒っぽく激しい能弁家だった。彼は朴烈から無政府主義を学ぼうとして、組織に積極的に加わった。朴烈は金重漢が朝鮮から送って来た手紙を読み、彼は無政府主義を深く理解している人だ、と評価していた。だから、随分と信頼していた。

しかし、文子は金重漢の評価を留保していた。行動よりも言葉が先立つ性格が気にかかったし、金重漢と初代の関係が深くなっていること気づいたためでもあった。突然出るくしゃみを我慢できないように、愛に陥った人たちの沸き立つ熱気は隠しようがない。金重漢が『民衆運動』の編集人を辞めて新雑誌『自擅』を発行しようとしたのも、初代の歓心を買うための行動であることを、文子ははっきりとわかっていた。

興奮した金重漢の声が高くなり始めた。

「君はあまりにも独善的だ。今日の議題にしてもそうだ。君は黒友会をぐちゃぐちゃにして、不逞社と一緒にしようとしたじゃないか？」

「そんなことはない。黒友会はやって行けないので解散して、不逞社と一緒に活動しようと好意的にやったことだよ」

「では初代を『現社会』に引き入れようとしたのはなぜだ？　私が初代とともに『自擅』を出すのを妨害しようとしたんじゃないか？」

「いや、そんなことはない。新山さんにそんな意図で提案したことはない」

しかし、金重漢の追及に対して、朴烈がそうした意図がなかったと否認した瞬間、金重漢にぴったりとくっついて座っていた初代が、さっと頭を上げ言った。

「そんなつもりはなかったですって？　いいえ、あなたははっきりと私にそう言ったわ！　私が『自擅』の発行計画を説明したら、あなたには金重漢が頼もしく見えるかもしれないが、軽薄で売名的なので信用できない、二人で雑誌を出すのはやめた方がいい、と真剣な顔で忠告しなかったですか？」

初代の突然の反論に皆が驚いている間、初代に応援された金重漢が決定的な言葉を吐き出した。

「では、私が爆弾を入手するために上海に行く計画を、急に取りやめた理由は何だ？　何でも具体的に言ってくれ！　それなら弁明もできるじゃないか？　何かが駄目なら、間違いなく失敗するよ！」

爆弾入手、上海行き、金重漢が興奮して明らかにしてしまった計画の全貌は、皆を驚愕させるには十分なものだった。朴烈は金重漢に初めて会った時から爆弾の入手方法について話し合い、上海から爆弾を入手することにし、連絡責任者になるよう金重漢に頼んだ。しかし、朴烈が急に考えを変え依頼をすべて取り消したので、朴烈が自分を信用していない、と金重漢は思い自尊心を傷つけられたのだ。

「そもそも何のためなのか？　なぜ理由も言わずに私を避けるのか？」

金重漢は怒りを抑えることができず、持って来た短刀を取り出した。きらっと光る、方向を失った敵意！

「金重漢さん、早まらないで！」

初代が悲鳴を上げた瞬間、金重漢は畳に短刀を突き刺した。崔英煥が素早く短刀を取り上げた。しかし、朴烈は冷静で堂々としていた。

「……私が計画を取り消したのは、こんな重要なことを頼んだのに、君が新山さんと新しい雑誌を発行しようとしたり、信用できない人間と一緒に新義州を回って上海に行くと言ったりしたからだよ。そんなまわり遠い方法では、上海に行って連絡を取り目的を達成するのがいつになるかわからない。君にあの重大事を頼むのがとても心配になったから、卑怯な態度だったかもしれないが、君と話をするのを避けたのだ。だから、どちらが悪いとは言えない。お互いの責任だ」

それが自己顕示欲であったにしても、小英雄主義であったにしても、金重漢は決定的な誤りを犯した。秘密結社の会合でもない公開の集まりで、爆弾入手計画を口にするというのは、安易で軽率なことだった。金重漢は口が軽い、と文子から警告されていたのに、心に留めなかった朴烈にも問題があった。彼は夢に熱狂し、現実を軽んじる。金重漢が爆弾入手費用として示した千円という金額は、朴烈の暮らし向きから考えると、驚くべきものだった。資金だけでなく、目標も、時期も、すべてははっきりしていない。

しかし、こうしたことが起こったのは、朴烈と金重漢が互いを信じていなかったからだ。互いを信頼できない組織は危険だった。ところが、こうなる前に、なぜ朴烈は文子にあらかじめ知らせなかったのか？　信じていないからではないのなら……文子を守るため……？　言い争いが続いている間、ぼんやりと畳に残った切り傷を眺めていた文子は、わけがわからない恐怖と不安に襲われ、ぶるぶると身体を震わせた。怒って暴れ回る金重漢の前で、少しも態度を変えることなく冷静であり続ける朴烈さえ、文子には遠い存在に感じられた。

昔から日本には、「馬鹿の一念」という言葉が伝えられている。虚と仮は実際には存在しないイメージの世界だが、イメージを抱き続ければ現実となるという意味だ。朴烈は自らが爆弾になることにしたのだ。この世を爆破するという明確な覚悟が、イメージを現実に変えたのだ。文子はそのところで問うことをやめた。それならば、彼に従って彼とともに爆発できるのではないか？　木っ端微塵に砕け、跡かたなく消えることができるのではないか？

地震

夏は一気に終わるのではなく、ゆっくりと後退していた。梅雨が終わり、幾らか涼しい風が、じりじりとした意地悪な熱気を和らげていた。季節が行ったり来たりしていた。秋が来ても秋らしくなく、夏の気配が依然として残っていた。

「西洋でインディアンサマーというのは、こんな天気なんでしょうか？」

朝、日差しで屋根が熱くなり、部屋がむしむししてきた。我慢できず庭に出て、草地に敷いた茣蓙に仕方なく座っていた。

「インディアンサマーは盛秋と晩秋の間の暑さをいうのではないでしょうか？　霜が降りた後にも、時々こんな現象が起こると聞いています」

「期間はどれくらい？」

「長くても一週間ということでした」

「一週間も？」

「たった一週間でしょう。インド人たちは、その間冬支度をするんです。だから、インディアンサマーという言葉は、絶望の中で思いがけなく出合った希望を比喩するものとして使われています」

「では、年老いた女の夏とも言われるのはなぜ？　女はその夏に何を準備するのかしら？」

「こんなことでないでしょうか？　ネズミのしっぽくらい僅かに残った若さをたっぷり楽しむ、かなわぬ愛に対する最後の試みのようなもの！」

「元が悪くても、やり方によってはよくすることができるというわけね。やはり、一男さんはどうしようもないロマンチストなんだから！」

「いつも鉄のように冷たいリアリスト、金子文子さん！　私たちのために、冬用の食糧を少し分けてくれませんか？　腹の皮が背なかにくっつくほどお腹が空いていて、夏なのか秋なのか考えることもできません」

「冬用のものなどないけど、かめの底にある米をかき集めて、ご飯を炊いてみるわ。時ならぬインディアンサマーに、ご飯のピクニック！　いいでしょう？」

少ない米をかき集めて、ご飯を用意した。午前に外出し、朝鮮人苦学生の宿舎の高麗舎に行って戻って来た朴烈も、その貧しい夕食会に加わった。臨時に一緒に暮らすことになった栗原一男と他の会員一名を含めて四人が、食卓の前に集まった。少量の味噌汁におかずは梅干しだけだったが、その日はご飯がなぜかおいしい。酸っぱいがおいしい梅漬けのように、急な暑さは彼らの身体と心を感傷に浸らせる。

取り留めなく沢山の話が交わされた。バクーニンとクロポトキンの路線の違いから始まって、イギリス人と愛し合い、混血児を産んだ末、上海で亡くなった女性のスキャンダルまで。隣に住む中学生が、この騒がしい会話をきょとんとして立ち聞きしていた。

「ああ、金子さん。亀沢には行ってみましたか？　どうですか？　順調に進んでいましたか？」

「うーん、まだ亀沢に直接行ってませんが、ある人の知り合いの、女子医専に通う学生の家で、店を出す場所と家賃、入れ物とテーブルと味噌と醤油などの費用の見積りを出しました。後はお金を払えばおしまいよ」

「おしまいじゃなくて始まりだ」

部屋の片隅に座っていた朴烈が、目を輝かせて言った。

「僕たちがずっと尊敬しているある人が僕たちを呼んで、そんな提案をしてくれたのはどうしてかわかるかい？　だらだらした小説と違って単刀直入に、運動も経済的側面を考えなければならない、資金を出すから食堂でも何でもやってみたら、とおっしゃった時、きちんと礼を言う間もなく、文子は承諾したんだ。そんなに嬉しがる文子の姿を初めて見たよ」

「朴！　だまってて。そんな幸運が舞い込んでくるなんて夢にも思わなかったわ。私は経験者だから、海老で鯛を釣るようなものよ。食堂をやって儲けが残ったら、同志たちに援助してもらわなくても、機関誌程度は出すことができると思う。最近、ナムル、野菜炒めね、その作り方を研究しているのよ」

「無政府主義者のナムルですか。味がどうなるか心配だな」

一男の言った冗談に、皆が腹を抱えて笑った。東京に来てからの四年間でこんな楽しい話を他人にしたことがない、と文子は思い満ち足りた気分になった。亀沢にある小さな食堂の様子が、そこにかかっている、可愛らしい看板が、手に取るように眼に浮かぶ。彼らの運動を支持する人から、経済的な支援まで受けるという幸運は、全く予想できなかった。金重漢が東京を離れ、初代が密かに去ってから、不逞社を元気づけるものはなかった。食堂がうまくいったら生活は安定するし、運動にもしっかり取り組むことができる。しなければならないことも、したいこともとても多い。

どこからか楽器の音が聞こえて来た。堤の下で、満月のようにお腹を膨らませた、身重の女性が、大正琴を弾いていた。鍵盤を備え二つの鉄の弦を弾く弦楽器の旋律は、うら悲しかった。広大な草原、そこでは稲が真っ赤に色に輝いていた。間もなく地平線に月が、夕焼の太陽のように浮かんで……。

「ああ、怖いほど美しい夕暮れ!」

文子は、のしかかってくる生の重さにぶるっと身体を震わせた。はらはらしながらも、うっとりしていた。生を全身で重苦しく感じながら生きて行くこと、それが文子が切に望んだ、ただ一つのことだった。愛する人が側にいて、互いに理解し励まし合う友人がいる。この二十年の短い人生に、ずっと潜んでいた、虚ろな気分もしばらく忘れることができる。もうこれ以上、ひもじいお腹と空っぽの胸を押さえて、苦しむことはないのだ。文子はほんのしばらくの間幸福だった。

しかし、その瞬間、何もわからないまま、何も感じないまま、彼らは避けることができない破局の中に落ち込んでいった。彼らの新しい家は倒れもせず火災も起こらなかったが、彼らの純な夢と希望に向かって、波がうねるような余震の黒い手が伸びて来ていた。いつも幸せを警戒し、幸せを疑う文子さえも予想できなかった、運命の揺動だった。

一九二三年九月一日午前十一時五十八分。

東京と横浜を中心に関東地方で、最大震度七の大地震が起こった。余震とともに津波と爆風が続く間、大規模な火災が都市を襲う。丁度昼食のための炊事をしていたため、火災の被害が大きくなった。巨大火山のように火柱が空に向かって立ち上った。東京はたちまち厚い黒い煙で覆われた。倒壊した建物の下敷きになって死んだ人より、焼死した人がはるかに多い。

肉が焼ける臭い、骨が溶ける臭いが天地の間を揺るがせた。あっという間に真っ黒に煤け、からからに縮んだ日常の前で、人びとは虚脱状態になった。努めて無視してきた死が眼前に迫ってくると、死が最初から生と隣り合わせであることがわかる。恐怖に怯えた人たちの群れを思い通りに操るのは、とても容易なことだった。誰かの指がさし示せば、そこが崖のようなものであっても、彼らは飛び込んで行く。彼らは方向がわからず、恐怖に駆られて一目散に走った先が地獄であっても、一人ではないのだから。

奇怪な噂が広がり始めたのは、その日の午後三時くらいからだった。

「朝鮮人が井戸に毒を投げ入れた！」

「朝鮮人と社会主義者が放火し、暴動を起こし、女を強姦している！」

「朝鮮人がピストルを持って襲って来る！」

それを見た人間はいない。聞いた人間だけがいる。誰かが誰かに、その誰かがまた別の誰かに。聞いただけで彼らは動き始めた。倒壊した家と焼け死んだ家族の死体の前で茫然自失していた人びとが、突然奇妙な生気を得た。焦点を失った瞳に、恨みと憎悪と敵意が宿った。彼らは大きく息をし、竹槍と棍棒を持った。目をぎょろつかせ、短刀と鉄棒をつかんだ。いわゆる自警団、あるいは青年団という急造の組織の下、朝鮮人を狩る暴徒に急変した人びとは、大地震で暮しが立ちいかなくなった罹災民にほかならなかった。

恐怖と怒りはコインの裏表だった。恐怖心を抑えることができなかった。恐怖から逃れようと必死にあがく間に沸騰してきた怒りを、ぶつける生贄を探した。小さな者がもっと小さな者を、弱い者がもっと弱い者を。

「朝鮮人だ！」

その一言を聞くと、数百名が東西南北で群がり集まった。数十人が一人の朝鮮人に飛びかかり、刃物で刺し、棍棒で殴り、足で蹴倒した。残酷はもっと激しい残酷を、狂気はもっと奇怪な狂気をあおる。身体を電信柱に縛り付け、目玉をえぐり出し鼻を切った後、心臓の真ん中に刃物を刺し込んだ。頭に釘を打ち込んで殺した。臨月の妊婦の腹を裂き、胎児まで切り殺した。両親が見ている前で、一列に並べた子どもたちの首を先ず切り、衝撃で気が抜けてしまった両親を柱に縛り付け、竹槍で刺し殺した。そして、殺しただけでは怒りを鎮めることができず、死体を引きずりまわして、凌辱する。目玉をえぐり出し、頭を乱暴に切り裂き、女性の陰部に鉄鎖と竹槍を刺し込んだ。

大地震後に起こり得る「暴動」を鎮圧するという名目で戒厳令が出され、軍隊と警察が通りに陣を張ったが、この狂気を制御する者は誰もいなかった。むしろ彼らは、広場と兵営と警察署に朝鮮人を集め、銃を乱射し数百数千名を集団虐殺した。彼ら、民衆の杖であり番人である警察と軍隊は己の任務に忠実だった。日本人を銃声で驚かせないように、帯剣で殺すことが奨励された。朝鮮人を護送しているという情報を公然と流し、住民が襲撃するようそそのかし、腐った死体が原因で伝染病が広がらないように、荷車に積んだ死体を石油と薪で焼いた。

残暑はなかなか終わらず、秋風が吹いてくる気配は依然としてない。

「こっちだ！」

「いや、そっちだ！」

男たちは歪んだ顔で路地をくまなく探し回り、女たちは彼らのために弁当を作った。

「罪に問われることなく公然と人を殺せる、これは何と気分がいいことか」

大人たちは、朝鮮人を捕まえたら、忠誠の証しである金鵄勲章を貰えるだろうと期待し、子どもたちは、国賊を討ち払う英雄たちのために、万歳を唱えた。

何日もの間、雨が一滴も降らなかった。突然の日照り続きに、世の中がすっかり乾ききってしまった。朝鮮人が毒を投げ入れた水を飲んで死んだ日本人はただの一人もいなかったが、彼らは毒殺の恐怖から喉の渇きを我慢した。ざらざらした口の中にあるのは、腐乱死体で埋まり流れが止まってしまった川から漂ってくる悪臭のため、胸がむかむかして喉からこみあげてくる生唾だけだった。

その年の夏と秋の間、日本人は日本人であるというだけで怪物となり、朝鮮人は朝鮮人であるというだけで追われる小さな獣となった。東京で七百余名、神奈川県で千余名、埼玉県と千葉県でそれぞれ二百余名……日本各地で六千六百余名に達する朝鮮人が、そのように狩られた。

いつどのように惑わされたかを思い出せないまま、どんな理由か不明だが、人びとはついに立ち止まる。その時になって初めて、自分たちの手に罪のない人びとの血がついていることに気づき、冬の酷寒をはるかに越える寒気に身体を震わせた。彼らには免罪符が必要だった。この偶然ではない偶然に、正当性を与える何かが切に求められた。この間背後で虐殺を扇動した日本政府が出て来る順番となった。

軍隊と警察などの官憲側の虐殺を、日本政府は隠蔽した。そして、虐殺は民間人の偶発的な集団行動だとし、責任を自警団に負わせた。しかし、裁判に回された自警団員は、皆証拠不十分で釈放された。共犯となっていた民衆はこの程度で懐柔されたが、日本政府が最も恐れたのは、欧米の大国と朝鮮本土から責任を追及されることだった。虐殺が続く間、目撃されないよう外国人を各地域の警察署に集め、外出を禁止し監視した。それでも、依然として足りない。加害者を「情状酌量」で無罪放免するためには、これが被害者たちの「挑発」の結果だとする、決定的な証拠が必要だった。

民衆にとって、朝鮮人は二重の存在だった。汚くて差別されて当然の人びととして、他方、爆弾と銃でしきりに襲撃と殺傷を行う、恐怖の対象として意識されていた。新聞や雑誌などでは、朝鮮は山賊が住む国で、朝鮮人は猛虎のような人間だと宣伝されていた。彼らが東洋一の首都東京を揺るがし、二千六百年以上続いた、神聖な皇室の血統を脅かした！　これほど確かな「情状酌量」の理由はない。

日本政府の至上課題は、「不逞鮮人」の暴動を扇動した「赤化鮮人」をでっち上げることだった。

指先がかすめるほどの距離

「君が金子文子かね？」

文子の腹の底まで探るように、冷たい目を光らせて判事が口を開いた。

「そうです」

文子は眉をしかめて冷たく答えた。看守に連れられて、判事と書記が待っている予審法廷に来る間、文子は囚人用の編み笠を被っていて、暗い光さえ刺すように痛かった。廷吏が用意した被告席に、文子は中腰になって座り、黙って手に持った編み笠を撫で回した。囚人の顔を見せないように頭に被せる、細く割った竹で作った丸い筒、その丸っこい暗闇の中に閉じ込められ続けたら、数多の雑念にとらわれてしまう。どうなったのか、どうなるのか……？

「僕が君の係でね、予審判事の立松懐清という者です」

法廷に入った時送ってきた視線と較べ、彼の声は物静かで態度も穏やかだった。削った鋳型のように整った身なりをした若い判事からは、微かな髭剃りクリームの匂いがした。彼には毎日シャツにアイロンをかけてくれる気の利いた妻と、何とも可愛くてたまらない赤ん坊が一人いた。

文子は余裕を取り戻して、微笑みながら言った。

「そうですか。どうかお手柔らかに」

しかし、判事は型のような訊問を始めた。

「先ず、本籍地は？」

「山梨県東山梨郡諏訪村です」

「汽車で行くとどこで降りるんだね」

「塩山が一番近いようです」

「うむ、塩山？　では君の故郷は大藤村の方でないかね。実は僕は大藤村をよく知っているんだ。あそこに僕の知り合いの猟師がいてね、冬になると、よく出かけて行くんだ」

訊問は心理的な綱引きと同じだ。相手の緊張を和らげ、弱点に食いこんで、訊問者が有能か無能か見当をつけるつもりだった。文子は気を強く持って答えた。

「残念ですが、大藤村がどこかわかりません。諏訪村が私の本籍地ですが、私はそこに二年とはいなかったんですから」

「ふむ。君はその本籍地で生まれなかったんだね」

「そうです。私の生まれたところは、父や母の話によると横浜だそうです」

「なるほど。で、君の両親は何という名前で、どこにいるんだね」

文子は苦笑せざるを得なかった。既に警察の調書で知っていたことを、判事はわざと訊いたのだから。九月三日、突然、保護検束の名目で逮捕され、世田谷警察署に留置されてから、このような訊問が繰り返された。保護検束は二十四時間と決められていたので、警察犯処罰令の適用によって拘留が延長され、東京地方裁判所検事局で訊問を受け、治安警察法違反容疑で起訴されるに至った。既に家を出てから、一カ月半が過ぎていた。家にいて捕まった人間に、「一定の住居または生業なくして処方に徘徊する者」との烙印を押し、拘留期間を延長することまでしたのは、一体どういうことか？

それでも文子は、できるだけ率直に答えた。

「少しこんがらかっているんですが、戸籍上の父は金子富太郎、母は金子よしとなっています。でも、それは私の母の両親、つまり祖父母に当たっているんです。それが事実です」

文子の言葉に判事は驚いた顔を見せ、本当の父と母のことを訊ねた。

「父は佐伯文一といって、多分今は静岡県の浜松にいると思います。母は金子きくのといって、詳しい消息はわかりませんが、多分郷里の実家の近所にいると思います。戸籍上、母は私の姉、父は義兄ということになっています」

「ちょっと待った」

判事は文子を遮った。

「少しおかしく聞こえるね。お母さんが姉になっているのはわかったが、お父さんとお母さんとは姓も違い、住所も違っていて、他人になっているように思えるんだが？」

「そうです」

文子は暗い気持ちで答えた。

「父と母はずっと昔に別れました。けれども、母の妹、つまり私の叔母が父の後妻になって入り、現に父と一緒に暮らしているんです」

「なるほど。そこに何かわけがあったんだね。で、君のお父さんとお母さんが別れたのはいつ頃のことだね」

「もうかれこれ、十三、四年も昔でしょう。父と別れたのは、私が確か七つぐらいの時のことです」

「そして、その時君はどうだったんだね」

「父と別れて母に引き取られました」

「ふむ。それでそれからはずっと母の細腕一本で育てられたというわけだね」

「ところがそうじゃないんです。私は父と別れてからほどなく、母とも別れたんです。そして、それからはほとんど父と母の世話にはなっていないんです」

こう答えた時、今までのすべての経歴と経験が胸中に広がるのを、文子は感じた。胸の中の最も深いところで、捨てられた幼い子が泣いている。ぴんと張っていた、心の紐がぷつんと切れたようだ。

――ああ、馬鹿みたい……！

溢れる涙を我慢しようと、文子は唇を噛んだ。判事はそれを見て、幾分同情を寄せたように言った。

「大分苦しんだらしいね。ではその辺のところは、いずれゆっくり聞くとして」

判事は書記のテーブルの上に置かれていた書類を手に取って、事件の訊問に入った。

「新山初代が警視庁で既に陳述した。今年の秋が革命に好都合だ、と朴烈が言ったのを、君も聞いたのではないか？　新山はその言葉を聞いて、ここでいう秋とは、皇太子の結婚式を意味すると直感した。金重漢を上海に行かせて爆弾を入手しようとしたのは、結局秋の慶事に合わせて直接行動するためだったのではないか？」

文子がこみあげて来る思いに浸る間もなく、判事が文子に問いただしたのは、間違いなく朴烈の四回目の爆弾入手計画だった。彼らが生活の細部と古い傷までもほじくり出すのは、まさにそのためだった。文子は予想していなかった、判事の訊問にかなり戸惑った。初代が……どうしてそんなことを？　しかし、文子をもっと驚かせたのは、爆弾投擲時期を皇太子の結婚式の時だろうと確信したとの初代の陳述と、それを問い追及する判事の意図だった。直感したことよりも、もっと危険な何かが迫って来ている。文子が知る限りでは、朴烈の計画は爆弾投擲の対象と時期さえも決めていないほど、具体性に欠けるものだった。

「なぜ答えないのか！　思い出せないと言うつもりか？　新山初代は今年八月十二日に、この春計画した時、義烈団から暗号の手紙を貰った、と君から聞いたと言ったのだ。これは君が言ったことだから、忘れるはずはないじゃないか？」

鈍器で繰り返し殴られるように、頭ががんがん痛み目まいがした。金翰を通しての四度目の爆弾入手計画を、結局、初代は話してしまったのだ。悪意なのか、無知なのか、度を越した純真さなのか？　理由はともかく、その結果は同じだ。

朴烈と金重漢が激しく対立した、不逞社の会合の翌日、文子は初代と会い、しばらく話し合った。その時、初代はひどく顔をしかめて、神経質そうに言った。

「朴烈は金重漢と私を利用して、この秋に爆弾を投げつけさせて、自分は逃げるつもりでいたに違いないわ。朴烈は卑怯な野心家よ！」

他人の口を通して恋人を非難する言葉を聞くのは、文子には苦痛だった。しかし、こうした気持の問題は二の次であり、初代が感情に走って計画を暴露することを恐れた。文子は初代の誤解をとこうとして、急ぎ話した。

「朝鮮のあるところから爆弾の件で手紙が来たので、金重漢に爆弾を手に入れるよう頼んだの。朴烈は自分で使うつもりです。それをあなた方にやらせて、自分は逃げる、そんな卑怯な男ではないわ」

しかし、初代は普段と違って、平常心を完全に失っていた。

「あなたはそう信じているかもしれない。でも朴烈は売名家にすぎないわ」

初代はいつも文子の愛を冷笑した。初代を感情的にさせ、何も考えずにただ相手を罵倒するよう仕向けたのは、やはり愚かな愛の力だった。愛に落ちた人間に分別を求めることは無駄骨にすぎない。

文子も警視庁で、ある程度は爆弾入手計画について話した。しかし、それは初代の感情的な陳述とは全く異なる意図からだった。大地震の中、要視察、要注意の朝鮮人取り締まりの一環として鄭泰成と張祥重が検束され、東京市外に避難して行った会員たちまでが続々と検束され、文子は事態が深刻であると感じ始めた。仕事を探して大阪に行ったが見つからず、東京に戻って来た栗原一男が、張り込んでいた刑事に検束され、朝鮮にいた金重漢まで捕まったことを知り、迫って来る事態への立場をいち早く確立する必要があった。

何よりも気懸りなのは、初代が警視庁の調べで、金翰が送って来た手紙のことを話すのではないかということだった。初代は思想的に目覚めたかもしれないが、政治的には全く鍛えられていない。文子は熟考した末、初代が話すことによって、事件が新たな方向に広がることを止めなければならないと決心した。そこでいっそのこと爆弾のことは自分が認め、注意を自分に向けさせようとした。それだけが初代に向けられる切っ先を外せる、唯一の方法だった。

文子は金翰を通しての爆弾入手計画を自白した一方、直接関与しなかった、金重漢に依頼した爆弾入手計画にも自分が関係したと陳述した。他の会員に累が及ばないよう、自分で背負おうとしたのだ。しかし、初代は文子の同志愛を感じなかった。そして、朴烈への憎しみから、警視庁の取り調べ段階で爆弾入手計画を話してしまったのだった。文子の戦術をすべて無駄にしてしまった。

「朴烈も既に警視庁と検事局で、自分が反逆的気分を持っていたことや、不逞社を組織したこと、金重漢に爆弾を頼んだこと、これらをすべて打ち明けた。僕は君の言葉を尊重する。何でも率直に言いなさい。大日本帝国の伝統は、何よりも名と名誉を重んずるのではないか？　不逞鮮人に惑わされ、ちょっと道に外れたのなら、十分に情状酌量の余地がある」

――ああ、とうとうあなたは！

優しい声で教え諭そうとする判事の言葉に、文子はみぞおちを刺されたような痛みを感じた。保護検束されてから一カ月半の間、文子は朴烈と一度も会っていない。こうした事態を予想できず、前もって口裏を合わせることもできなかった。互いの霊感を信じるだけだ。文子の思った通り朴烈は、政治権力に対して無防備な会員たちとは違っていた。彼は爆弾入手は自分が単独で計画したものので、秘密結社でない不逞社は計画と全く関係ないと主張した。自分一人で刑罰を受ける覚悟だった。自分がどんな犠牲を払ってでも、会員たちを釈放させようと必死になった。だから、彼はいつも孤独なのか？　一人で矢を受けることを覚悟しているものの、彼はいつも心細いのか？

「いいえ。朴烈が私をそそのかし爆弾入手計画に利用したのではなく、私自身の意志で計画に加わったのです」

文子は焦る心を鎮め、一言一言を吐き出した。

九月三日夜、彼らの夢と追憶は強奪された。ともに掲げた不逞社の表札、ともに作った雑誌、ともに読んだ本と文章がすべて押収された。その渦中、朴烈は最後まで文子をかばい守ろうとして、必死に抵抗した。戒厳軍兵士の残虐な手が文子の長く垂れた髪をつかんだ時には、持っていた刀を抜いて割腹しようとまでした。その時、文子は悟った。朴烈が金重漢を通しての爆弾入手計画を文子に伝えなかったのは、文子を信じなかったためでない。文子を危険な目に遭わせないため、文子を傷つけないため秘密にことを進めたのだ。今は、激しい攻撃を受けている彼を、彼女がかばい抱き締める番だ。

「私は朴烈と一緒に爆弾入手計画を立て、金翰と金重漢に近づき可能性を打診しました。新山初代さんや他の不逞社の会員は、この計画に全く関わってはいません。最初から最後まで、私たち二人がやったことです」

声の震えはだんだんおさまっていった。日本政府は関東大震災での虐殺を正当化するため、でっち上げ事件のターゲットとして、朴烈に目を向けた。不逞社の分裂によって、秘密の爆弾入手計画が明らかになったことは、事件を作り上げるうえで好都合だった。

大地震に続いてのとんでもない虐殺劇の最中に、世田谷警察署の留置場で、大杉栄が死んだという話を聞いた。大杉は無政府主義を広めながら、朝鮮などに対する日本の侵略を批判し、右翼と軍閥の目の敵になっていた。彼は朴烈に大きな思想的影響を与えた運動家でもあり、朝鮮に深い関心と愛情を寄せていた。一九一九年、独立運動のリーダー呂運亨(ヨウニョン)が日本を訪問した時は、歓迎会を開き「朝鮮独立万歳!」と唱えもした。日本人が叫んだ「朝鮮独立万歳!」だとは……。大杉は結局「大地震の混乱に乗じて、社会主義者と朝鮮人の宣伝を広めようとし、日本の民衆のテロリズムを扇動した」容疑で捕まり殺害された。彼の妻であるとともに固い同志であった伊藤野枝も一緒に殺された。

愛の未来を考えることは悲しいことだ。生き別れになっても、死んでこの世とあの世に別けられても、どうなっても、愛は離別に終わるしかないのだから。最後まで離れず、最後の瞬間まで一緒である場合は、事故に遭う時だけだ。しかし、事故でなく、意志で、自らの選択で、その愛を守り通すことはできないのか? 「スケープゴート」、贖罪のヤギにされた朴烈を、決して裏切ることはできない。日比谷公園で冷たく凍えた頬をくっつけ交わした沢山の言葉、電車に乗り暗闇の中に消えていく彼の後ろ姿を眺めながら抱いた望みが、文子の胸の中でつむじ風のように吹きまくった。

夢中になってそれを見たかった。

　頭に再び編み笠を被せられた。ずしんと闇に包まれた。細く割った竹ひごの微かな青臭い匂いで、鼻の先がむずむずした。一人で出合う暗闇は深い。文子は看守に引かれて、足をふらふらさせながら歩いた。

　しかし、深い闇の中にも、か細い光があった。目を閉じずに何でも見るつもりで瞬きしていると、縛り付けられた竹ひごの間に、微かな光が感じられた。捕縄をつけた身体をひねり、その隙間に自分を向き合わせた。灰色の壁、灰色の扉、灰色の囚人服……すべてが砂漠と同じ灰色だが、文子は絶望しなかった。水気のない干上がった土地にも緑はある。生きるという至上命令が、泉の湧くオアシスを生むのだ。闘うこと。最後まで守り抜くこと。文子は自分の命の最終目撃者になる覚悟で、奥歯を固く噛み、大きく目を開いた。

　監房に行くには、幾つかの扉を開けて通らなければならなかった。二番目の扉を開ける錠の金属音が聞こえた時、そう遠くいないところから、親し気な気配が迫って来るのを文子は感じた。

　——あなた！　あなたね！

　全身で叫んだ。初めて会ったその時のように、初めて告白したその時のように、初めて彼を自分の中に迎えいれたその時のように。

　もともと痩せていた身体は、厳しい収監生活により一層やつれたようだった。しかし、朝鮮の学者であるソンビが大通りを歩く時のように、腕を振って大股で歩く姿は変わっていない。獣のように太い縄で縛られていたが、編み笠の中の眼光はきらきらと輝いている。彼が近づいて来た。近づいて来た。彼の熱い生命と冷たい死への意志が肉薄してきた。文子は憐憫と尊敬と愛でぶるっと身体を震わせた。

非常に短い時間だった。一言も交わすことができない、もどかしい瞬間だった。しかし、極めて短い時であったが、彼らは腕を伸ばし、指先がかすめるほどの距離で向かい合うことができた。闇に包まれていたものの見ることができた。両手を縄で縛られていてもふれることができた。こくりと軽く動いた編み笠から、千万の言葉よりももっと大事な約束を送ってくる彼に、彼の熱く真摯な愛に。

最後の口づけ

三畳ほどの狭苦しい房に座っていた。高い窓から奥深く入り込んだ陽光が、畳の上に斜めに差していた。塀と壁が高くても陽光は自由だ。七つの窓の格子でずたずたに切れていたが、空は濃く青かった。確かに季節は変わった。秋が去り、冬が来て、春が過ぎてまた秋に……。

監獄で二度目に迎える春だ。

「今日もあるのか？　一体全体何のためにこんなことが？」

文子とともに市ヶ谷刑務所に収監された朴烈は、既に三日間食事を拒否していた。

「腹が痛くて飯を食べることができない」

「それなら医者を呼んで治療を受けさせるぞ」

「無駄なことはやめろ。医者なんて呼ぶ必要はない。私は診察を受けない」

腹痛で食事を取れないにもかかわらず、凛とした金串のような声だ。腰を曲げ身体を動かす代わりに、身体を真っ直ぐにして座り黙想した。その時になって初めて、刑務所当局は朴烈がハンガーストライキを始めたことに気づいた。

「お前だけが損をするのがわからないのか？　考えもなく断食して何を得ようとするのだ？　ともかく身体を動かし、話でも何でもするんだ」

　看守の脅迫と懐柔がうまくいかないので、刑務所長が直接乗り出した。目じりが垂れ下がった、肥満の秋山所長が汗をしきりに流しながら、朴烈を説得した。しかし、所長の声を聞くのも嫌なのか、朴烈は身体を回して壁に向かって座った。そして、修行するかのように結跏趺坐までした。たかが二十四歳にすぎない若者の不遜と放恣は、刑務所中に噂となって広まっていた。検事の訊問を受ける時の態度も生意気で、検事から署名するようにと渡された調書を何度も破ったという逸話も有名だった。監獄という、誰も自分で罪人とは言わないが、誰をも罪人にしてしまうところ。権力に臆している収監者たちは、この朝鮮人思想犯の傲慢無礼を勇気と度胸の現れと見て、内心では痛快に思っていた。三日経った。空腹の感覚もない。耳が詰まった感じでよく聞こえず、舌がひりひりする。

　――文子は自伝を書いているに違いない。あの日差しが彼女のペン先にも当たっているだろうか……？

　灰色の壁をじっと眺めて座った朴烈の目の前に、ざらざらした紙の上に辛酸をなめた生を一字一字刻んでいる文子の姿がありありと浮かんだ。

　――亀沢に簡易食堂を開く計画をあんなに喜び嬉しがったのに……その小さな夢さえ粉々に壊されてしまったのだ！

　彼女を思えば、いつも胸が痛んだ。意志の強い勇ましい姿は熱情で高揚した少年のように青臭かったが、朴烈は文子の内面に巣くった闇を感じ取っていた。多少荒唐無稽だった告白を簡単に拒めなかったのも、ちらちらと現れる、その傷の痕跡のためだった。本当のところ、愛は相手の弱さを知るようになってから始まるのかもしれない。必死に隠そうとしていることをやむなく発見する。そして、その柔らかく弱い点に自分だけが気づいていると考えるため、どうしても無視できなくなる。

そうだ。文子は弱かった。しかし、朴烈は同じくわかっていた。彼女は弱いが、強くなろうとした。必死に、必死に。

「金子文子は予審訊問で、皇族と支配層に爆弾を投げつけるためにお前と相談したと陳述した。そして、金重漢に上海で爆弾を入手してほしいと頼んだことも証言した。この陳述はすべて事実か？」

立松予審判事の追及に、朴烈は唖然として言葉を失った。日本政府が朝鮮人虐殺を正当化するためのターゲットとして自分に目をつけたことに、朴烈は検束された瞬間から気づいていた。一旦目標が定まったら、悪賢い連中はどんな手を使っても、事件を膨らませ、宣伝の道具に利用しようとするのだ。可能な限り被害を少なくしなければならない。そこで、朴烈は自分の周りの人たちに累が及ばないように、細心の注意を払って訊問に臨んだ。

最初の爆弾入手計画に関わった杉本貞一については、森田という仮名を使って判事を欺いた。二回目の計画に関係した崔爀鎮は、日本の官憲の手が及ばないところにいたので、負い目を感ずることなく明らかにした。刃物まで取り出して朴烈と対立した金重漢についても、最大限かばった。金重漢を爆発物取締罰則違反容疑から外させようと、故意に強気な態度で陳述した。

「金重漢と私の関係は、君らが考えているようなものではない。テロリズムの運動についてどういう気持ちを持っているか、推し量っただけだ。それにもかかわらず、なお君らが金重漢を侮辱しようとするなら、それはとりもなおさず君らの卑劣さ加減を表すものだ」

しかし、文子に関しては、十分考えて慎重に対処したにもかかわらず無駄になってしまった。金重漢に頼んだ爆弾入手計画については、事実朴烈は文子に話していない。朴烈の単独行動だった。冷たく見れば、文子は朴烈の過失の犠牲になったといえよう。それでも文子は首謀者と見なされる危険をものともせず、朴烈と「ともに」爆弾入手計画を立てたと陳述したのだ。なぜ、何のために？

金翰と交渉し爆弾を入手する計画を立てる時、文子は積極的だった。あまりにも熱心な様子が、不安を感じさせた。しかし、金翰が捕まったという知らせを聞いた時、机上に置かれた新聞を凝視する文子の目に、ちらっと懐疑心がよぎるのを朴烈は見た。文子は自分を「個人主義的無政府主義者」と称した。徹底的な自由意志によって生きると宣言した。そのためまだ爆弾を投げる覚悟ができていない文子を、また引き入れることはできなかった。彼女には彼女だけの爆弾がある。

「お前が考えるに、日本の支配層に対する金子の思想はどうなのか？」

「金子と私の間のことは、他の人と私の間のことに比べて話しやすいが、私自身に直接関わることの他に何かを語る気はない」

文子との関係を根掘り葉掘り訊く予審判事に対して、朴烈は一旦答弁を拒否した。

「もう一度訊く。爆弾を手に入れ直接行動に出ることを、本当に金子と協議したのか?」

だが、予審判事は執拗だった。それほどその問いは、事件の首謀者を決めることになる重要なポイントだった。

事件は自ら胴回りを膨らませる怪物のように、時がたてばたつほど大きくなっていく。朴烈と文子が頑強に否定したことで、不逞社会員十三人は不起訴になったが、朴烈と文子と金重漢は爆発物取締罰則違反の容疑で追起訴された。しかし、日本政府の企みはここで終わらない。皇太子を狙撃しようとして失敗した虎ノ門事件の犯人難波大助が死刑判決を受けた後、最初の「陰謀事件」として発表された事件が、ついに「大逆事件」に化けさせられた。判事が刑法第七十三条を口にし始めたのは、この頃からだ。

刑法第七十三条　天皇、太皇太后、皇太后、皇后、皇太子又は皇太孫に対し危害を加え又は加えんとしたる者は死刑に処する。

この規定に該当すると決まった瞬間、全く違った局面となる。その時からは、どこにも抜け出ることができなくなる。陰湿で凶悪な死の掌中からの脱出は不可能だ。ああ、文子はこのすべての事実を知っても、間違いなく最後まで朴烈と一体であろうとして、我を通しているのではないか?

朴烈はしばらく沈黙した後、ゆっくりと口を開いた。

「過去のことをありのままに言えば、文子の気持ちを傷つけるかもしれない。また、過去の事実を否認し偽われれば、文子の気持ちを傷つけるかもしれない。私は文子の気持ちを尊重するから……文子がそう陳述しているなら、文子の考えを認める」

愛はそれぞれの鏡に映った、互いの姿を見ることだ。朴烈は文子がわかるようでもあり、わからないようでもあった。しかし、理解するために、信じようと努めた。理解する前に信じた。文子の思想の純潔性を守るため、爆弾入手計画に加わったと陳述することだ。そして、同時に自分の愛を守るため、共犯であることを誇ることだ。刑罰を免れる途を選ぼうが、裁判を思想的抵抗の場にしようが、すべてを文子の主体的判断に任せよう。それだけが彼女を真の同志として尊重する、唯一の方法だった。

――見たい。見たい。一度でいいからまた会いたい……。

ひもじさは空っぽになった胃腸からではなく、どきんどきんと打つ心臓から湧き上がってきた。

「こんなことをして何か事故が起こったら、私は困った立場になる。どうか何のためにするのか教えてくれたまえ。そうすれば、私のできる範囲内で最善を尽くしてみる」

断食四日目に、またやって来た刑務所長は、はなから泣き出しそうな顔をしていた。懐からしわくちゃの汚れたハンカチを取り出し顔を拭う所長の身体から、すっぱい汗の臭いがぷんと漂ってきた。人間の体臭は奇妙な感情を引き起こす。どんなに強固な組織に所属していても、制服を脱いだら、一匹の意気地のない生き物に過ぎない。日本人の精神を縛っている集団意識と閉鎖性は、こうした弱点を隠そうとするあがきの結果だった。彼らは心遣いし親切のように見える。しかし、その心遣いと親切の底には、服従の精神と人の気持ちを直ぐにわからなければならないという圧迫感があった。

「待遇が悪いなら、自ら進んで率直に言う。君らが今刑務所の大門を開いても、私は逃げるつもりはない。だから、文子と私を普通の囚人として扱い、縄をかけて引きずり回す必要はない」

「ああ、そんなことだったのか？　それなら判事と相談して是正しよう」

警戒を解くことができない、このでっち上げられた「大逆事件」は、その恐ろしい名称にもかかわらず、物証はなかった。名称が爆弾入手事件なのに、粗末な手製の爆弾一つ発見されなかった。それでも、被告の自白のみで公訴維持と裁判進行が可能だった。立松予審判事をはじめとして刑務所長までもが、朴烈と文子を説得するため便宜を与えたのは、慈悲心によるのではなく、こうした内情のせいだった。

いずれにせよ、朴烈のハンガーストライキにより、獄中の起居と食事と衛生面で特別待遇を受けることになる。朴烈は囚人服の代わりに絹の朝鮮服、外套であるトゥルマギとパジチョゴリを着た。文子は立派な着物と羽織を着て、近視を矯正する眼鏡をかけることも認められた。朴烈に対する待遇は手厚く、面会場所として刑務所長の応接室を開放し、看守長が朴烈をそこに案内し立ち会った。文子の場合はそれほどではなかったが、面会人と文子の間に応接テーブルを置いて互いに話せるようにした。そのすべてが普通の獄中規則にはない待遇だった。

第十五回の予審が始まった。朴烈は再び取調室に連れて行かれた。縄で縛られていない手は自由だが、心はもっと弾んでいた。

「今までの陳述内容に事実と異なることがあってはならないので、訊問調書を全部読み、間違いがあれば訂正したいと思うが？」

立松予審判事が丁寧な語調で問うと、朴烈は淡々と答えた。

「いや、読んで貰わなくても大丈夫だ。私は、いわゆる裁判や権威のようなものを全く認めない人間だ。もともと裁判の本質は、権力者たちが無知な民衆をだまして自分たちを守るための、正当性のない一種の捏造にすぎないのだ。だから、私は今まで日本の司法官憲を侮辱してきたが、君をそのように侮辱できなかった。左であれ右であれ、敵であれ味方であれ、真面目な人を私は侮辱できない。いや、尊敬する」

尊敬という言葉を耳にした立松は、顔を赤らめた。本質的には組織という巨大な機械の小さな部品にすぎなかったが、立松は幾らか人間性が残っていた男だった。彼は文子が獄中で書いた自伝を読み、彼女の不遇な人生に同情するようになり、朴烈の男らしい気骨を高く評価してきたのだった。それで朴烈は天皇制国家に奉仕する司法官憲立松でなく、人間立松に信頼を寄せていたのだ。

「今日が何月何日かわかるか？　今日がまさに君らが記念するメーデーだ」

「わかっている。全世界の労働者とその同志たちの祭日だ」

「祭日を迎えて……何か望むことがあるか？」

立松の顔に一瞬奇妙な熱気がよぎった。司法官憲でありながらも、体制の枠組みの中にすんなりおさまりきれない人間といわれていた彼に、野生の男のような朴烈に刺激されて、急に思いがけない考えが浮かんだようだ。

「私が最後に願うのは……文子と一緒に写真を撮り、久しく会っていない、朝鮮の母と知人数名に送ることだ。それでさりげなく訣別の気持ちを伝えたいと思う」

翌日午前十一時頃、立松は朴烈を裁判所新館の予審取調室に呼んだ。その日に限って退屈な訊問が三時間くらい続いた後しばらくして、取調室の外からとぼとぼと歩く低い足音が聞こえてきた。長い緊張と孤立感で凍りついていた心臓が、突然どきどきし始めた。

「金子文子を連れてまいりました」

別離がまた一年続いた。恋しさと孤独で身悶えする時は、十年も別れていたように感じた時間、過ぎてしまうと一時の別離のように感じた時間が経過した。そして、ついに今、同じ塀と壁の中に閉じ込められているのに、夢路でしか会えなかった人、その彼女が間違いなく目の前にいた。見慣れない姿のようだった。はっきり声をかけなければ、蜃気楼のように消えてしまうようでもあった。

――文子……すまない、そして、ありがとう……。

朴烈は口の中でぐるぐる回る言葉をとうとう吐き出せず、ぼうっと文子を眺めるだけだった。文子も当惑した表情で朴烈に視線を注がずに、望夫石のように立っていた。望夫石とは、貞女が遠くに行った夫の帰りを待ちあぐんで、そのまま石になってしまったと伝えられる石のことだ。

「この間したかった話が沢山あるはずだから、ゆっくりと話し合いたまえ。あ、その前に写真を撮ろう。君の願い通り朝鮮にも送り、私も心血を注いだ事件の記念に一枚持ちたい」

ひょっとすると彼らよりも興奮しているかもしれない立松が、あらかじめ用意していたカメラを手に取った。椅子に座っていた朴烈に向かって、文子がゆっくりと近づいて来た。

「お久しぶりです」

「うん、しばらく……」

「少しやせたようね」

「消化が悪くて、数日食事を抜いたんだ。回復しているので、すぐ良くなるよ」

胸の中で溢れかえっている数多い言葉が一つも出てこず、ただ元気のない挨拶が交わされただけだった。それでも狂ったように愛した人、指先がかすめるほどの距離にいたその人が、まさに目の前にいる。きれいに刈った髪をきちんと分けた朴烈が、文子に向かって微笑んだ。文子は朴烈を安心させるため、何も心配なことがないように明るい表情を見せた。彼らは同時に、にこっと笑った。疲労と死の不安を、一瞬だが忘れた。

「堅苦しくないかな？　もう少し自然なポーズをとってみなさい。普段どおりに」

普段通り……何十年何百年前のように感じる、果てしなく遠いその時、文子を最も幸せにした姿勢は別にあった。文子は朴烈の胸に背を寄りかからせて座り、持って来た本を黙って手に取って広げた。温かい体温、なじんだ体臭、この世を去って地獄の果てまで落ちても、失うことができない、忘れることができない最後の愛。

カチャッ！　その瞬間シャッターがおりた。望み通り写真を撮った立松は、文子を護送して来た看守を引き連れて取調室を静かに出て行った。二人だけの時間を作ってやろうとしたのだ。しかし、二人きりになった後も、朴烈と文子はそのまま椅子に寄りかかって座っていた。

「マックス・シュティルナーだね……」

「そうよ。今私はシュティルナーを読んで、国家と個人は互いに相容れない存在だとまた悟ったわ。

個人が自我に目覚める時、国家は倒れる。私は内から燃え上がる秩序ならざる秩序、いいえ真の秩序以外に国家だの政府だのの干渉はお断りしたいと思います」

なぜ、何のために大逆事件の共犯であると認めるかを言う代わりに、文子は黙って本のページをめくった。自分が感動して読んだ文章をそっと指し示し、愛する人、魂の同伴者である朴烈に無言の同意を求めた。

「しかし、わかるかい?時代や制度と対立した人たちは、皆敗北したんだ。狂人であっても魔女であっても、個人の敗北は宿命的だ」

「わかります。百戦百敗、必ず負ける戦いです。私たちは負けるばかりです。でも、例え敗北するにしても、最後まで戦おうとする思想は生き残るでしょう。そして、いつかそれは私たちのような愚かな人たちによって復活します。私は何も怖くありません。このようにあなたと一緒なのだから……」

向き合う必要はない。彼らはともに一つところを見ていたのだ。それだけで十分だ。朴烈の唇が文子のうなじに触れた。ざらざらしていたが、熱かった。白く露わになったうなじにもどかしげに口づけして、朴烈は腕に力を込めて、腰をくるむように文子を抱いた。

「もし私たちに時間がもっと与えられたら……いつか一緒に故郷に行ってみたい。穏やかで美しい村だ。四方が山に囲まれ、澄んだ水がさらさらと川を流れている。優しい純朴な兄や兄嫁は、快く私たちを迎えてくれるだろう。世の誰よりも私を信じ愛してくれる母は、末っ子の私がこんな花のような新妻をどこから連れて来たのか、と心から喜んでくれるだろう。君もそこを好きになるよ。

もし私たちに……残された時間があったらだけど」

この幸せな時間にも生じる、消滅の予感からか、朴烈は思いを一気に吐き出した。涙がこみあげ、喉がひりひりした。しかし、文子は泣きたくなかった。泣くまい、涙で別れはすまい。そして、朴烈に抱かれたまま振り返り、彼の深い二つの目に、死と生の臭いを同時に嗅いでいる鼻に、数多くの言葉を沈黙に変えている唇に、だんだんと口づけしていった。それがこの世で最後の行為であっても、熱い口づけの瞬間は、彼らにとっては永遠に続く終わりのない時だった。

裁判

　その日の夜明けには雨が降った。密かに流れる涙のように。乾いた土を少しの間濡らし、しばらくしてやんだ。春でもない冬でもない季節の境目で、大気は生ぬるく、風は冷たい。通勤する人びとは襟を立て、足音を忍ばせて歩いた。まだ眠気が覚めやらぬまま雨に濡れた人びとの顔が湿っぽい。電車は少しずつ延着し、遅れを取り戻そうとして、ドアが急いで開閉された。時々ドアの隙間に裾が挟まった人たちが、火傷したかのように悲鳴を上げる。指や腕先ではなく首筋がドアに挟まったまま引っ張られていく人を、乗客たちは無情な目でじっと眺めている。毎朝の風景だ。

　しかし、東京都心の真ん中にある大審院特別刑事部は、早朝から物々しい警備体制がとられ、ぴんと緊張に包まれていた。今日は、まさに幸徳秋水事件、難波大助事件に続く司法史上三度目の大逆事件の公判が開かれる日だった。

「被告金子文子入廷！」

　警吏の声が聞こえると、法廷はたちまち水を打ったように静まった。傍聴券を入手しようとして明け方から駆け付けた傍聴人が、法廷の入り口を一斉に見た。日本と朝鮮から取材に来た新聞記者、支援のため結集した朝鮮人学生、政府発表の大逆事件というよりは、「国境を越えた愛情事件」という煽情的な報道に惹かれた日本人まで。傍聴券百四十枚は、午前九時にはなくなってしまった。

好奇心と興奮に満ちた法廷に、看守長に護送されて文子が入って来た。手錠をはめず、編み笠も被っていない文子は、白絹のチョゴリに黒いチマの朝鮮服姿だ。チョゴリの下に着ている薄桃色のシャツに反射して光が当たった顔は透き通り、後ろに垂れた髪を二つの飾り櫛で留めている。端正な姿は、こざっぱりしてすがすがしい。テロリスト、大逆犯と呼ばれるにはあまりにもきゃしゃで美しい姿に、傍聴人は息をのんだ。彼女が手に持っているものは、爆弾でも化粧用のパフでもなく、アントン・チェーホフの短編集だった。

文子は落ち着いた表情で、被告席に座る前に、後ろを振り向いて傍聴席を見渡した。同志たちの姿が目に入ると、微笑んで無言の挨拶を送った。被告席は二つ用意されていた。文子は黙って左側の席に座った。そして、ハンカチで顔を覆って、二度咳をして、膝の上に置いた本を撫で回した。

「温かいお茶を一杯いただけませんか?」

法廷内の視線が自分に集中したのを意識した文子の顔は、幾らか上気し大きな二つの目はきらきらと輝いた。看守にお茶を頼んだ文子は、二つの手で湯飲み茶碗を包むように持ち、息を吹きかけながらゆっくりと飲んだ。

空になっている右側の席の主人、朴烈はそれから十分後に入廷した。朴烈が法廷に姿を現すと、傍聴席からは「ああ」というため息のような低い声が湧き起こる。白絹に薄紫の模様がついたチョゴリと灰色のパジを着装して、腰には二羽の飛び立つ鶴を刺繍した角帯を締めた姿は、朝鮮の士人の礼服姿だった。髭をきれいに剃り、長い髪をオールバックにした朴烈は、格式に合った靴と冠を身に着け、絹の扇を広げ持っていた。彼は悠々と入廷し、同志たちと挨拶を交わした。そして、先に着席していた文子を見つけ、嬉しそうに口元をほころばせた。文子も朴烈を見つめて、にっこりと笑った。こんな場所で、こんな装いで会えるのは、何とも不思議なことであり、満足できることであった。

「チマチョゴリがとても似合っているよ！」

「あなたこそ似合っているわ！　本当に素敵よ！」

並んで椅子に座り心のこもった言葉を交わす彼らの姿からは、少しの緊張も感じられない。誰が見ても、二年を越える粘り強い攻防の末、大逆罪で裁かれるため法廷に立った二人とは思えない。朴烈と文子が着た服は、朝鮮から届いたものだ。同志たちに依頼して朝鮮服を手に入れた理由は、この裁判を天皇制批判の場にし民族的抵抗の機会にするためだった。しかし、子どもっぽさと血気から、笑劇で一勝負しようとしたといってもよかった。権威主義者に対抗するには、笑いが何よりも強力な武器となる。彼らは笑いながら楽しく闘うことを誓ったのだ。

九時きっかりに、山崎今朝弥、上村進、布施辰治、晋直鉉（チンジクヒョン）など、六名の弁護士が入廷した。その後、牧野菊之助裁判長をはじめとする裁判官が入廷した。先ず牧野裁判長が人定訊問を始めた。

「被告人の名前は何か？」

「ナヌンパクヨリダ」

その瞬間法廷はまたざわめいた。裁判長の問いかけに、朴烈が朝鮮語で「私は朴烈だ」とで答えたからだ。朝鮮人たちは感心して膝を打ち、朝鮮語がわからない日本人たちはしきりにひそひそ話し合い、朴烈が何を言ったのか憶測していた。

「それは朝鮮語か?」

「クロッタ」

朴烈は少しもためらわず、朝鮮語で「そうだ」と答え続けた。大審院の法廷に立つにあたって、朴烈は裁判長に四条件を提示した。一、公判廷では一切罪人の待遇をせず、また被告と呼ばないこと。一、公判廷では朝鮮の礼服着用を許すこと。一、座席も裁判長と同一の座席を設置すること。一、公判の前に自己の宣言文朗読を許すこと。

この厚かましい朝鮮人の条件に大審院は唖然としたが、これが聞き入れられなければ、一切訊問には応じない、と主張したので、困ってしまった。ようやく説得して、朝鮮語の使用と座席の高さについての要求を撤回させたが、自分は罪人ではなく、法廷で天皇制国家を代表する裁判長と対等な立場で自己主張を展開するという姿勢は認めざるを得なかった。しかし、朝鮮語の使用を断念したことを残念に思っていた朴烈は、人定訊問に朝鮮語で答え、再度自分の意志を表したのだった。

怒りを抑えて文子の人定訊問まで終えた裁判長は、ここで陰険な手段をとった。

「本件の開審は安寧秩序をみだすおそれがあるから、一般傍聴を禁止する。しばらく休廷とする。

裁判は三十分後に再会する」

裁判長の突然の宣言に、法廷内はにわかにどよめき立った。

「横暴だ! 不法だ!」

「傍聴人を馬鹿にするな！」

「出て行かないぞ、出て行くものか！」

傍聴席からは大きな叫ぶ声が起こり、卓を何度も叩いて抗議の意志を表す者もいた。警吏がこうした人びとを追い出すため、あちこち駆け回った。三十分後再び開廷されたが、退廷を拒否する十三名の傍聴人を検束する騒ぎがあった。一般傍聴人に代わって、宗教者、教育者、官庁の代表者、新聞社社長などの特別傍聴人百余名が入廷した。布施と上村の両弁護士が公開禁止に異議を申し立てたが、却下された。そこで布施と山崎が官吏などが特別傍聴を許可されていることに異議を申し立てたが、これもまた却下された。容易ならざる闘いになることが明らかになった。朴烈と金子文子の死を担保にした、日本帝国主義との一大決戦だ。

検事の公訴事実の陳述が終わった後、朴烈は「所謂裁判に対する俺の態度」を朗読する。

「……人間の身体、生命、財産、自由を絶えず侵害し、蹂躙する組織的大強盗団である国家の枠の中にある裁判官が、公明正大な判決を下し得るはずがない。自分がここに立つのは裁きを受けるためでなく、自分自身を正しく宣言するためだ！」

裁判は始めからやり取りだった。きちんと罪を判断するという本来の目的が、何の意味も持っていなかった。大逆事件をでっち上げた者にとっては、従うべき一定の形式にすぎず、大逆犯という名前を被せられた者にとっては、退くしかない戦闘だった。

「君は検事の陳述についてどう思うか？」

朴烈を被告という用語の代わりに、「君」あるいは「あなた」と呼ぶしかない裁判長の声には威厳がなかった。日本の司法史上空前絶後のことだったが、どうあろうと約束は約束だった。裁判長の訊問に対して、朴烈はあらかじめ書いていた「俺の宣言」を朗読する。

「……支配者と富者の民衆に対する収奪、他民族に対する強国の支配、被圧迫民族である朝鮮民族間の白丁に対する差別、あるいは労働者間の古参労働者による新参労働者に対する圧制など……極めて無意味で強烈な優越感、征服欲、支配欲、従って最も愚かで醜悪な弱肉強食！　これのみが人類の抜くべからざる真の本性であり、自然の大法則だ。……俺は汝らの憎悪に、愛をもって報ゆるほど無邪気ではない。また俺は汝らの暴力に、無抵抗で報ゆるほど善良でもない。それはすべて醜い偽りだ。このように卑屈な態度は許すべからざる汝らの醜悪を黙認し、それに対して暗黙の助力を与えることになるのだ。俺はそんなことはしない！」

「それなら天皇陛下と皇太子に危害を加えようとするのは、どんな考え方からくるのか？」

裁判長が刑法第七十三条と関連する訊問を始めたところ、法廷は息詰まる緊張に包まれた。刑法第七十三条で定める「絶対的に神聖な皇室に対する大逆事件」は、極刑に処するのが原則だ。裁判も大審院の一審と刑法に規定されている。控訴と上告はない。始まりであると同時に終わりでもある、生と死の闘いであった。

しかし、朴烈は予想されていた死刑判決に、決して臆しはしなかった。彼は「一不逞鮮人より日本の権力者階級に与う」と題する文を広げ、一つひとつ確かめるように読み始める。日本帝国主義の朝鮮に対する侵略、同化愚民化政策、官憲と結びついた在朝日本人の朝鮮人に対する収奪などが、彼の口を通してあますところなく暴露された。彼の血から湧き起こった怒りと恨みが、二つの目にほとばしり赤々と燃えた。

「天皇というのは、国家という強盗団の頭目だ。略奪会社の偶像で祭壇だ。私は爆弾で、日本の政治的、経済的実権を握るすべての階級並びに看板である皇室を絶滅させようとしたが、これが可能でなかったので、天皇と皇太子を投擲対象にした。朝鮮人の立場から彼らを対象にした理由は、第一に、日本の民衆に日本の皇室の真実をわからせ、その神聖を地に叩き落すため、第二に、日本の皇室を倒して朝鮮民衆の独立への熱情を刺激するため、第三に、沈滞している日本の社会運動家に対して革命的気運を促すためにあったのだ。そのため皇太子の結婚式で爆弾を使用することが、日本に対する朝鮮民衆の意志を世界に示すには最もいい機会だと思ったからだ。……私は法律や裁判の価値を認めないので、刑法第七十三条に該当するかしないかは気にしない。それは君たちの勝手だ！」

文子は固い木の椅子にもたれるように座ったまま、自分の信念を熱烈に弁じている朴烈をじっと眺めていた。彼を知り、彼を愛しているという事実に感謝した。最後まで彼の手を放さずに闘ってきた自分が誇らしかった。文子は訊問中、立松予審判事に七回も転向を迫られた。朝鮮人でない日本人が大逆事件の犯人になったことが、日本の民衆に与える衝撃と波紋を恐れて、必死に文子の心を変えようとしたのだ。

しかし、文子は朴烈と離れなかった。「不逞日本人」の存在を無視しようと必死になっている日本政府を、文子は嘲笑し語った。

「私が朴烈と同居したのは、彼が朝鮮人であるという事実を尊重したためではありません。また、同情したわけでもありません。朴烈が朝鮮人であり私が日本人であるという事実を完全に超越して、同志愛と性愛が一致したためです。……私は朴烈に同化され付和雷同して、天皇や皇太子を倒そうと考えたのではありません。天皇は必要ない、存在してはならない、と私自身が考えたのです。そうした私の考えが朴烈と一致したため、私たちはともに生き同志として計画し行動したのです！」

朴烈の熱い視線が文子に注がれた。喜びと悲しみ、感謝と憐憫、感動と後悔がもつれからまった目の輝きだった。世の中に向け、文子は大胆に整然と声を高めた。

「私は朴を知っています。私は朴を愛しています。彼のすべての過失とすべての欠点とを越えて、私は朴を愛します。私は今、朴が私の上に及ぼした過誤のすべてを無条件で認めます。そして、朴の仲間に対しては言いましょう。この事件が馬鹿げて見えるなら、どうか二人を笑ってください。それは二人のことなのです。そして、裁判官に対しては言いましょう。どうか二人一緒にギロチンにかけてください。朴とともに死ぬことができるなら私は満足です。そして、朴には言いましょう。よしんば裁判官の宣告が二人を分けても、私は決してあなたを一人死なせてはおかないつもりです……」

彼らは文子に、祖国を裏切った背信者との烙印を押した。神聖な国体を傷つけた反逆者との、赤い文字を刻んだ。家門の名を汚したとして、義絶を簡単に宣言した父のように、娘が危険な思想を持ったという事実だけで、驚いて前もって逃げた母のように。

第一回公判は一時間ばかりで終わった。第二回公判と第三回公判は週末にもかかわらず、日をおかずに続けて進められた。死の判決が大股で近づいてくる。大審院の地下室の仮監獄で護送車を待ちながら、市ヶ谷刑務所に帰る道が遠くとも、近い距離のように感じていた。あまり残っていない、この世の時間がさっと過ぎた。

文子はわかっていた。生き生きとした体験と骨身に沁みた苦悩の中から悟っていた。幾ら強いふりをしても、人間は生きたいと思う存在だということを。死刑判決が確実視される大審院に回されることを初めて聞いた時、文子はやはり深く苦しんだ。ひと月ほどご飯もろくろく喉を通らず、皆から痩せたと言われるほど苦しんだ。彼女はまだ若い。彼女の身体の内には、過去の苦しい体験で鍛え上げられた力強い命が高鳴っている。自己の意志なき失敗の犠牲になりたくない、という考えが生じた。自由な身体になり、手と足をぐんと伸ばしたい。もう一度、ただ一度だけでも……。

しばらくの間、ぎゅっと目をつぶればよかった。膝をつき、反省するふりをすればよかった。しかし、転向し出獄すれば、三年間の獄中生活を経済的精神的に支えてくれた同志たちは背を向ける。再び孤独となる。それも耐えることはできないが、それよりも苦痛になることが別にあった。百名の同志よりもっと大切な自我、清く澄んだ目で彼女の生を見つめた自分自身を裏切ることだった。

――生きるとはただ動く、ということではない。自分の意志で動く、ということだ。すなわち行動は生きることのすべてではない。そして、単に生きるということには、何の意味もない。行為があって初めて生きるといえる。従って自分の意志で動いた時、それがよし肉体の破滅に導こうと、それは生の否定ではない、肯定、絶対に肯定だ。……例え敵からも味方からも捨てられて、監獄の門を跨いだ刹那に自殺しようとも、私は今の自分自身を獲得する必要があるのだ。私に、私の生に命じることができるのは、ただ自分だけだ！

結審してから二週間後に、判決公判が開かれた。判決公判に来た朴烈は、白い朝鮮服をきちんと着こなしていた。文子は矢がすり銘仙のあわせの上に、羽織を重ねていた。朝鮮式に仕上げた髪が、文子の顔にひさしを作っていた。頬は不安げな熱気をかすかに帯びていたが、表情は普段通り落ち着いて穏やかだった。既に第二回公判で、検事は刑法第七十三条並びに爆発物取締罰則違反で朴烈と文子に死刑を求刑していた。

朴烈と文子は被告席に並んで背筋を伸ばして座り、互いを見つめていた。彼らはもうこれ以上一緒にいることはない。

――私は死んでも、日本で安住の地を得る見込みはありません。私は朝鮮に骨を埋めたい。あなたの故郷に、あなたを生み育てた土地に……。

法律に従う考えはほんの少しもない。結婚という欺瞞と偽善の形式に、意義を見出してもいない。だが、父と母が遺体を引き取ってくれるとは思えず、当局が同志たちに引き渡してくれそうもない。そこで遺体を合法的に引き取る人を確保するため、文子は結婚届を提出する方法を選択した。最後の公判の二日前に、結婚式は執り行われた。市ヶ谷刑務所で看守長と弁護士と同志の栗原一男を証人に立て行われた、悲惨で凄惨な獄中結婚式だった。

朴烈が文子の湿っぽい手を引き寄せ握った。結婚記念の指輪の代わりに、痩せた両手の指をすべて組んだ。彼らは同時に一つところをじっと見た。顔を背けずに、彼らは生に向け迫ってくる死と正面で向かい合った。

「被告朴烈、死刑！」

「被告金子文子、死刑！」

長く待っていた瞬間だった。夢の中で何回か繰り返し見た場面だった。ついに闘いは終わった。勝利できないと最初からわかっていても、彼らは決して負けはしなかった。文子はさっと腕を上げ叫んだ。

「万歳！」

朴烈は裁判長を真っ直ぐに見つめ、辛辣な言葉を投げつけた。

「ご苦労だった裁判長。私の肉体をお前たちの思い通りに殺そうとするなら、死んでやろう。しかし、私の精神はどうすることもできないのではないのか？」

当事者本人は平然と笑っていたが、一部の同志は泣いていた。自分たちが犯した悪行にうろたえた権力の犬たちは、慌ててしっぽを隠し身体をしきりに動かしていた。死刑が言い渡された法廷に漂う奇妙な興奮と虚無の雰囲気の中で、文子が叫んだ最後の言葉が冴えわたって広がった。

「すべてが罪悪であり、虚偽であり、虚飾だ！　朴烈と私を一つの絞首台で、一緒に首をくっておくれ！　そして、死んだ白骨も一緒に埋めておくれ！」

一九二六年三月二十五日、早咲きの桜が天地を覆った、うららかな春の日だった。

恩赦そして陰謀

眠りから覚める前に、先ず目が開いた。駆け足でやって来た春が真っ盛りだった。裂けた空の下、鉄格子越しにも春の光は間違いなく近づいて来て、身体のあちらこちらにあたっている。眩しい。冷たい。ただれた目に水気が沁み込む。ひりひりする。痛い。まだ、生きていた。

死刑宣告を受けてから十日が過ぎた。大審院の法廷で別れた朴烈と文子は、独房に収監され、静かで寂しい時間を耐えていた。

「金子文子！　刑務所長室に呼び出しだ！」

呼び出しを受けた瞬間、ついに最後の時が来たと思った。大逆犯だった無政府主義者幸徳秋水は、判決を受けてから僅か六日ばかり後に処刑されている。皇太子を狙撃した難波大助は、判決が出た翌日に処刑されている。春雨の後にどっと生える雑草を恐れるように、神聖な外見を装う天皇制に対する挑戦者を根絶やしにしようとして打つ手は早い。

文子は監房を出る支度をしながら、思いがけない事故や出来事に遭遇することを恐れ、外出する時には必ず下着を新しいものに着替える、というある随筆を思い浮かべた。読んだその時は、強迫神経症の現れでおかしいと思った。扉の外が千丈の崖で、いつでもどこでも出合うのが死だ。まして判決を受けた死刑囚の身ではないか。

昨晩はリルケの詩を読み寝入った。枕もとに置かれた詩集の折り畳まれたページには、彼女の誓いのような詩が刻まれていた。

たった一度のことだ、それ以上はない
そして、私たちもたった一度だけだ
再びはない
たった一度存在したということ
この世界に存在したということ
これはこの上なく意味あること

文子は髪にきれいに櫛を入れ、同志たちが差し入れてくれた、新しい着物に着替えた。髪に櫛を入れる時、着物の襟を立てる時、文子はふと自分のうなじを手で軽く撫でた。見えない紐が既に垂れているように、ひんやりしていた。

「金子文子、待機しています」

看守長の案内で所長室に入って行くと、朴烈が既に来ていた。彼は懐かしそうに微笑んだが、寝不足のせいか目が充血し、肌にも生気がない。判決公判後の十日間を、朴烈は苦悶して過ごした。

信念でも過ちでも、自分が選択した行動により死ぬのは怖くない。しかし、文子のことを考えると、心が揺れに揺れた。予想外なことに巻き込まれ、無念の死を迎えることになった文子が不憫でならなかった。朴烈と仲睦まじかったことを後悔する表情を少しも見せない姿に、憐みを覚え胸が詰まった。

「元気かい?」

「どうにか」

彼らの姿勢は一貫していた。淡々としていることが、予定されていることを一緒に迎える相手に対する最善の態度だ。

——今日だ。

——そう、私は準備ができているわ。

彼らの輝く目がひたとあった。死、およそ見当をつけることができない事態を前にして、恐怖心にとらわれるのは人の常だ。誰も戻ったことがない道、そこはいつも一方通行だった。その見慣れない道を歩くのは自分一人ではないという事実が、もの悲しい慰めとなった。

「朴烈!　金子文子!」

制服のボタンを首の先までしっかり留めた秋山刑務所長は、今日はさらに緊張した表情で汗をたらたらと流している。彼の湿っぽい身体から臭気が漂ってきて、文子は吐き気を覚えた。

——近づいているなら、早く終わらせろ!　瞬間のことだ。ただ一瞬間。

口の中で幾度となく起こる絶叫を必死に抑えた。秒針が刻む音が一つひとつわかるように、所長室内の壁時計はゆっくりと進む。

「起立！」

重要な儀式でも執り行おうとするように、所長の命令で看守が朴烈と文子を起立させた。やがて所長が、膨れた顔にくっついた唇を慎ましく震わせた。

「今日……陛下の恐れ多いご慈悲により、恩赦が下された！」

朴烈と文子がわけがわからず面食らっていると、所長は厳粛に特赦状を読み始めた。

「朝鮮慶尚南道尚州郡化北面、死刑囚朴烈、二十五歳。山梨県東山梨郡諏訪村千二百三十八番地、朴烈の妻死刑囚金子文子、二十四歳。特に死一等を減じ無期懲役に処すること。内閣総理大臣は勅を奉じてこれを宣すること。大正十五年四月五日、内閣総理大臣若槻礼次郎、代読」

カーテンコールまで終わったと思った瞬間、また幕が開くのか？ 彼らは呆れて一幕の演劇の舞台に立っていた。演劇の題名は「恩赦を受けた大逆犯」で、主題は「皇室の仁慈」だった。そして、そのあらすじはおよそこんな具合だ。

死刑判決が出たまさにその日、緊急閣議が開かれ、二人の死一等を減ずる議が論議された。論議の結果を聞き、若槻首相は摂政殿下の御前に伺候し、上奏裁可を仰いだ。江木法相は小山検事総長と協議したうえで、あらためて同総長から恩赦令による減刑を上奏するよう計らい……。

彼らが提出した「恩赦申立書」の申し立て理由こそは、この事件と裁判がどんなに欺瞞的であり虚偽的であるかを、自ずと明らかにするものだ。朴烈と文子の投擲対象は皇室が唯一無二ではなく、爆弾投擲計画の実現可能性は極めて薄かった。文子は従犯で、情状酌量の余地があった。文子にだけ恩赦を認めたら、差別だと朝鮮人が反発するため朴烈にも恩赦を与えなければならないとの詭弁があった。その中でも前の二つの理由は、判決理由で共謀による大逆を認定したことと、真っ向から矛盾していた。関東大震災での朝鮮人虐殺を弁明するため事件をでっち上げ政治裁判を行ったが、これほどまでに見え透いた虚偽に対する批判と反発を憂慮して、「恩赦減刑による皇室の一視同仁」劇を演出したのだ。

「恩赦を受けたお前たちに若槻首相のお言葉を伝える」

所長はくすんだ薄桃色の舌を出し、唇をなめ早口で言い続けた。

「朴烈及び金子文子が格別の恩命により減刑されましたについては、聖恩の広大なる事誠に恐懼の至りに堪えません。朴烈の如き不心得者の出たことは遺憾に存じますが、広大無辺なる聖恩に接した以上は、反省して真人間になる事と信じます。くれぐれも広大なる御仁徳には感泣の外ありません」

これ以上の喜劇はないが、とにかくこの喜劇が上演されたことで、彼らは命拾いした。秋山は両手で特赦状を受け取らせようと、朴烈に身体を向けた。それこそが、死の債務を免除してやろうとする証書だった。

「ふん！」

頭を下げ特赦状を捧げ持つ所長を、朴烈は冷笑した。しかし、真っ白く見えた、文子のうなじと霞のような産毛が目に入った瞬間、自分でもよくわからないまま安堵した。愛はすなわち生の意志、不滅の望みだった。

――ああ、文子……生きるのだ！

所長は朴烈に特赦状を手渡し、続けてもう一枚を文子に差し出した。その時まで無言で所長と朴烈を見守っていた文子は、ガラスのような顔色で特赦状を受け取った。ところが、受け取るや否や、文子はあっという間にそれを半分に引き裂いてしまった。

その瞬間、すべてが凍り付く。見守っていた看守たちは、顎がはずれたように口を開けたまま、微動だにしなかった。文子の突然の行動に唖然として顔色を変えた所長は、ボタンの穴ほどの小さな目を油皿のように大きくした。

「人の命を勝手に殺して、生き返らせて、おもちゃと思っているとしたら、何が特赦か？　私があなたたちの勝手にされると思うのか？」

文子は激しく言いつのりながら、特赦状を再びずたずたに裂き始めた。驚いて悲鳴のような呻き声をあげた所長は、ようやく我に返り朴烈が持つ特赦状を取り上げた。朴烈まで特赦状を切り裂いてしまえば、手の施しようがない大事になると思ったのだ。

「おお、あれをどうして？　ああ……」

傍若無人な大逆犯であっても、天皇の名による特赦状を引き裂くことまで想像できなかった所長は、虚を突かれて足だけをばたばたと動かしていた。文子の手によってずたずたにされた特赦状は、何の意味もない紙切れにすぎない。小さな芽のような紙切れを、文子は空中に投げ飛ばす。花びらのように、塵のように、偽りの約束のように、小さく引き裂かれた紙切れが乱れ散る。

「ああ、これはどうしたことだ……ああ、一体どうしたものか……」

威厳みたいなものを投げ捨てた所長が、太った身体をかがめて紙切れを拾い集めようと慌てふためいている間、文子はこの様子を呆然として見ている朴烈に目を向けた。かつて彼も同じような目で彼女を見たことがあった。検束された金翰の写真が載った新聞をじっと見つめて、文子がこれは果たして完全な自分の意志であるか探った瞬間生じた深い懐疑心。その時彼もこのような不意打ちに、心臓の一部がざくっと切られたような感じがしたのか……？

刑務所長は急いで朴烈と文子を監房に戻し、事件を収拾するため東奔西走した。この事実が外部に漏れないよう、所員に固く口留めした。しかし、上司の泉二行刑局長に報告しないわけにはいかない。事件の報告を受けた行刑局長は激怒し、所長を大声で叱りとばした。

「後悔も反省もしていない罪人に、恩赦を求める道理がどこにあるのかとの世論が非常に強いのに、こんな事実を公表すればどうなるのか？　問責されるだけですまず、内閣が潰れてしまうのではないか？」

「それではどうすればいいのでしょうか？　減刑の事実を取材するため、新聞記者たちが押し寄せて来るはずです……」

「どうすればいいのかって？　一切秘密にして、記者たちにはもっともらしく言いつくろうのだ！」

行刑局長にきつく叱責された刑務所長は、頭を悩ませた末、記者懇談会の席に出た。

「特赦状を受ける二人の反応はどうでしたか？」

「ああ、彼らはこの思いがけない恩赦に、感泣した様子だった。朴烈は黙って何回も頭を下げ、金子文子は、ありがとうございます、と敬虔な態度で礼を述べていた」

演出に抵抗する主演俳優のせいで最初から劇が駄目になったこともわからず、仮面劇に慣れている記者たちは、読者の涙や鼻水まで引き出すつもりで、話をより膨らませた。翌日の『東京朝日新聞』には、実に涙なくしては見ることができない新派劇の一場面が載った。

「特赦状を受け取った金子文子は、感謝して言葉を失った。朴烈も同じ恩典に浴したと聞いて、彼女はにこっとして深甚なる敬意をもって頭を下げた。所長に規則さえ守ればやがて世に出られるだろう。本人もその通りだと聞かされて、文子の目は涙で光った」

実に麗しく和やかな天皇制の美談だった。温情溢れる皇室の像と悔悟した臣民の像。だまそうとする人たちだけをだますことができる虚像だった。

彼らが一度も願ったことがない恩赦を無理に施したのは、朴烈と文子の転向を意図したからだ。敵の砲弾を受ける時、怒りで一杯になった兵士たちも、砲弾が自分の身体を貫かなかったことを知る瞬間には、嬉しさを感じる。怒りまでもすっかり消す。それが生き残ったという嬉しさの所産だ。この薄汚くとも至高な生命の本能を利用して、朴烈と文子を屈服させようとしたのだ。

二人で一緒に死刑台に上るという夢は壊れた。今までは同じ刑務所にいることができた。無期懲役に減刑された直後、朴烈は千葉刑務所に、文子は宇都宮女子刑務所に移された。先が見えない時間とより苛烈な転向工作に立ち向かう至難の闘いが始まった。

しかし、こんな内幕を知るはずがない外部では、朴烈と文子に対する非難が途切れることなく続いていた。二十一回にわたる取調べにも信念を曲げることなく堂々とした態度をとった朴烈と、七回の転向要求をはねつけた文子が、特赦状をさっと受け取ったというわけか。死の前ではすべての人間が意気地なく悲しみの涙を流すというわけか。同志たちはこれも当局の計略だろうと推し量ったが、疑う心が起こってくるのも仕方がないことだった。

一方、右翼は右翼なりに、大逆罪を犯した罪人を直ちに殺さずに無期懲役に減刑したことに憤慨していた。彼らは不逞鮮人朴烈も憎んだが、祖国を裏切った文子を許せなかった。米国軍艦が初めて日本を侵犯した時、米国使節の愛妾になったお吉のような存在として、文子を恥ずかしく思った。日本の伝説で悪女の化身とされている天の邪鬼に相違ない、と考えた。そして、朴烈に打撃を与え、文子を世の中から完全に葬り去ろうとして、新たな陰謀をめぐらし始めた。

恩赦が出されてから幾らも経たない頃、岩田が千駄ヶ谷の北一輝邸を密かにおとずれた。

「これがまさにあの写真か？」

「そうです。彼らとともに市ヶ谷刑務所に収監された、私の義兄が保釈で出獄した際、布団の中に隠して持ち出したのです」

「呆れた格好だ！　思うにうまい言葉を添えて広めれば、誰もあの女にこれ以上同情できないだろう。改悛の情がない大逆犯をこのように優遇する当局も、責任を問われなければならない！　これでもう若槻内閣はおしまいだ！」

彼らは愛国心で気持ちを高ぶらせ、煽情的な文章に溢れる怪文書を作成し始めた。

「朴烈と金子は皇室に対して危害を加えようとした極悪非道の国賊であるにもかかわらず、政府は彼らを国士以上の待遇で獄中の特別室に呼び寄せ、結婚式に続けて同棲生活をさせるだけで足りず、減刑の恩典まで施した。こうした措置を講じた政府は国賊になったのではないか？」

蛇の道は蛇。「堕落者」たちを世間から抹殺させようと意気込んだ彼らの筆は、だんだんより淫蕩になっていった。

「不逞鮮人朴烈は、本を持つ反逆者金子を抱擁している。朴烈の片方の腕は机に置かれ顎を支えているが、もう一つの腕は金子の乳房がある胸を押さえている。一日の取調べを終えた後、立松は予審法廷に二人だけを残したまま、便所に行くと称して退廷した。監視もつけず扉に錠をおろしただけで、約三十分の間中座したのだ。解放された三十分の間、人影のない法廷内で不逞の男女が何をしたのか、推測するのは難しくない。その後、朴烈と金子の生理的なある機能の調節が為されてだんだん柔軟となり、彼らは立松を理解者、同情者と呼ぶようになったのだ！」

母を思う朴烈の心と立松の官僚気質が残した記念写真は、彼らの淫乱な筆先で春画に化けた。写真の中の文子は、堕落すべくして堕落した女だった。妖しく淫らで不品行な女だった。ふしだらな女に降り注ぐ非難には左右の違いはなかった。気勢を上げる右翼と退廃を批判する同志たちは、声を上げて激しく攻撃するようになった。国賊ととんでもない考えをもった女だ、と袋叩きにあった。地獄には底がない。無限の墜落だった。

名もなき小草

金曜日、日常に疲れた者を慰労する黄金の日だった。西洋人は金曜日を迎え叫んだ。神よ、感謝します。金曜日だ！　とても小さい素朴な慰撫、計り知れない黄金色に輝く幸福。

監獄の金曜日は大掃除の日だった。湿っぽい畳を持って来て叩き再び敷く間、硬直した身体がだんだん熱くなってきた。溜まったほこりと垢をこすりおとし、心も軽くなる。掃除を終えて、汗で濡れた服を着替えようと私服箱を引っかき回している時、とんとんと木の扉を何度も叩く音がした。

「四十九号！」

目じりが垂れ下がり善良そうに見える主任看守だった。たとえ名前のない収監番号で呼ばれる身であっても、事務的でない親切な声は聞き良かった。

一通の分厚い手紙が渡された。普通の生活を奪われた者に与えられた唯一の愉しみ、同志たちからの手紙だった。重大な内容はない。彼らは「お元気ですか。同志たちは皆変わりありません」とうまい具合に書いていた。獄中にいる人を落ち込ませる、気に障る知らせを伝えないように努めていた。それでも、すべてが良くて楽しめることばかりでなく、世間でどう思われているかは、行間を読まなくともわかった。

死刑判決まで受けた二人は生きているが、既に同志を二人も喪っていた。今は愛憎の感情で記憶するしかないが、一時文子の最も大切な友人であった初代は、予審訊問の進行中にこの世を去った。病弱だった彼女の身体は、世間の虐待に耐えることができなかった。生煮えのまま湧いて出た自分の感情が、どんなとんでもない結果をもたらすかわからないまま、結核が悪化して協調会病院の冷たいベッドの上で亡くなった。もう一人は、不穏なビラをまいた容疑で検束され、獄中で死んだ。いつも隙のない態度と表情をとっていたが、朴烈に何か食べる物を差し入れてほしいと文子が頼んだ時、彼は気安く彼女の望みを聞き入れた。天はいつも良き人から先ず連れて行くのか。彼は死んでこの世を去ったのではなく、ただ天の招きを早めに聞くことができる、千里耳といわれる素晴らしい耳を持っていただけかもしれない。

死ではないなら生だ。しかし、文子は皆が避けようとする死よりも、目前の生がもっと怖かった。

「今日は本当にいい天気ですね」

「そうだね。暑くも寒くもなく丁度いい。この週末、向島は行楽客でごったがえすよ」

「桜は……皆散ったかしら？」

「桜は散っても、向島名物の桜餅は一年中売っているよ。妻が好きで、交際している時には、給料のほとんどを餅代に使ったよ」

人のいい看守の軽い冗談に、文子はふふっと笛を吹くように笑った。ひそひそと天気の話をした後、背伸びして鉄格子越しに庭を眺めた。はなから美しく作ろうとはされていない庭には、雑草が生い茂っている。

「庭の草を少し抜けばいいのに。作業するのを許してくれませんか？」

看守がかなり離れて見張っている間、文子はしゃがんで草を抜き始めた。監獄の真昼は、深い水の中のように静かだった。他の女囚たちは別の作業に動員されて姿が見えず、水音一つない静寂の中で、自分がどの屋根に留まっているかわからないスズメたちが、しきりに動き回りさえずっていた。急に堤防が崩れたように、沢山の思いが浮かんできた。そして、頭の中で大きく波打ったそれらが、リズムに乗って流れ出てきた。少し前から、文子は歌を詠み始めていた。歌は生を讃美するのに最もふさわしい表現形態だった。そして、鼻の先でむずむずする死を見つめるのに、よりふさわしい表現形態だった。


指に絡み名もなき小草つと抜けばかすかに泣きぬ「我生きたし」と

何気なく伸ばした指をくすぐり、草が泣いている。声なく泣いている草と一緒に悲しくなり、文子は伸ばした手を引っ込めた。きれいな観賞用の木でも華麗な花でもない雑草であっても、草は抜かれまいとして根をおろした場所であがいている。生きようとあがく姿が不憫だった。しかし、それと同時に生に対する執着が、気味悪く憎らしかった。文子は当たり散らすように発作的に草を引き抜いた。ごそっ！　地中で養分と水分を吸収しようと粘り強く腕を伸ばしていた、糸のような根が、丸ごとくっついて出てきた。思ったよりずっと長くて深かった根は、強くて白かった。

感情のデジャビュ！　いつかこれと同じように感じたことがあった。横二尺、縦三尺の小さな机の前に座って、ぼんやりとした明りをたよりに自伝を書いている時だった。インクが沁みつきタコができた指で、ごま粒のように小さく書いた短い生涯は、自害の傷のように苦しく凄惨なものだった。その時ふいに、もぞもぞしている一匹の跳虫の姿が結膜炎で充血した目に留まった。目がない虫は、長い触覚でおずおず行く手を探していた。冷気の沁み込んだ畳の表面から、寒気が足まで登ってきた。その時、ふと文子は悟りため息をついた。

――生きなければ駄目だ！　しかし、それに続いて浮かんだのは、何のためにという疑問だった。机に頬杖をついて座り、「跳足裸体の旅行者」をじっと見つめた。見れば見るほど、その手探りが重苦しく憂鬱に感じられた。幾らもったいぶって振舞おうとしても、空回りするだけのあがきにむかつく。

――生きることは声高く讃美するに値する祝福でなく、自然から負わされた厄介な、至極面倒くさい義務だ！

彼は自由な旅行者でなく、監獄に閉じ込められた懲役囚にすぎない。終身刑を受けた囚人は、倦怠と焦燥、いやその二つがごちゃごちゃになったような思いに悩まされる。何でもかでも片っぱしから、罵倒してやりたいような、また誰かの前で心行くまで崩折れて泣いてみたいような、それかと思うと、自分の心臓をずたずたに引きちぎってしまいたいような、あるいはまた、世界中を焼き払って、そっぽを向いて知らん顔していたいような。そうした様々な思いの中で……とても孤独だった。

ふとうっとうしさが噴き上がった。何か残酷な方法で殺してみたくなった。手の爪の先で押さえつけ内臓を破裂させるか、見るのも嫌な触覚を切り離しぐるぐる回らせて死なせるか、足と羽を引き抜き生きた屍にするか……。いや、マッチでもあったら一気に焼いてしまえるのに。パリパリ！その薄い皮が焼ける音は、実に軽快なはずだ。その瞬間、虫が死んだと思った身体を再びひっくり返した。文子は驚いて我に返った。そして、そんな残酷な考えに没頭した自分にぞっとした。自分を小さくて暗くてじめじめした監獄に閉じ込めたのは、この取るに足らない虫ではなく、天皇制国家という狂暴で凶悪な存在だ。それにもかかわらず、自分よりつまらない存在を見つけた瞬間、それに憎悪と怒りを浴びせたのだ。恥ずかしくなり自己嫌悪に陥った。まさに「敵と闘いつつ敵を真似る」ありさまだ。

——ああ、こんなに熱中するなんて……。

これ以上虫の不遇な旅を見守っていたら駄目だと思い、文子は慌て背を向けた。そして、壁に向かって座り読みかけの本を広げた。法廷に持って行ったアントン・チェーホフの短編集だった。「過去は淡々と流れていき、未来には望みがない。人生にただ一度だけあるこの奇跡のような夜もやがて終わり、永遠と一つになるだろうから。何のために生きるのか？」

画家リャボフスキーの独白が載ったページが開かれていた。死刑を求刑する検事の声を聞いて法廷を出て来て、最後に読んだものだ。その時、どう考えたか思いだせなかった。監獄の時間は恐ろしいほど速い。まるで時間という橇が、小さな身体をさっと引っぱり素早く墓地に連れて行くようだ。それでも残った時間があまりにも長いという錯覚だけははっきりあった。永遠と一つになる瞬間は、たやすく来るようではなかった。どのように、何をもって耐えるべきか？　文子は再び精神を集中し、本のページをめくり始めた。虫を、それを殺してしまいたかった。そのように死にたい衝動に打ち勝つために。

短編『賭け』はチェーホフの小説中、特異かつ怪奇で幻想的なゴシック小説の雰囲気を醸し出している。文子が好きな小説ではない。しかし、文子は徐々に小説の中に入り込んで行った。賭けに負ければ二百万ルーブルを支払うという銀行家の大言壮語にからめ取られた若い弁護士は、十五年間監禁生活を送ることになった。十五年。あらかじめわかっている未来。

監禁された初めは、孤独と無聊に苦しむ。昼でも夜でもピアノを弾き、一人でいる重圧感に耐えようとした。酒は欲望をかきたてるが、その欲望こそが囚われ人の敵であるという理由で断った。最初の年に弁護士が受け取って読んだ本は、限りなく軽い内容の娯楽物だった。複雑な三角関係を扱う恋愛小説、結末が気になりざっと見る探偵小説、神秘主義と仮説がごちゃまぜになっている空想科学小説、虚脱した笑いを起こさせるコメディのようなものだった。

年が変わると音楽の音が消えた。弁護士は古典の書籍を要求し始める。五年目になると再び音楽の音が聞こえてくるようになり、酒を求めてきた。この一年間、弁護士は専ら食べて飲み、ベッドの上に寝た。しきりにあくびをし、腹立たし気に独り言を言った。本は読まなかったが、時折意味がわからない文章を書き、一睡もしないで夜を明かした。しかし、朝になれば、書いたものをずたずたに引き裂いてしまう。泣く声も度々聞こえてきた。

監禁されて六年半経つと、弁護士は語学や哲学や歴史を学び始めた。彼は貪るように学び、そのために銀行家が本を用意するのが間に合わないほどだった。その後四年間で六百冊余の本を読んだ。十年目になると、弁護士は身じろぎもせず机に向かって、福音書のみを読み耽った。六百冊もの難しい書物を読破した人間が、それほど厚くなく難しくもない本一冊を読むのにほぼ一年を費やしたのだった。やがて福音書に代わって、宗教書と神学書が読まれた。

最後の二年間、彼は手当たり次第沢山の様々な分野の本を読み漁った。自然科学、バイロン、シェイクスピア、化学や医学の教科書、長編小説、哲学や神学の論文など。彼の読書熱は、海に漂う難破船の破片の間を泳ぎながら、助かろうとしてあちらこちらの破片に必死にすがりついている人間を連想させた。

夕食の支給がはじまり、文子はぼんやりと一杯の味噌汁とご飯を受け取った。食欲は最も強い欲望、生のそれと同じで最後の勢いだ。少し前はもっと食べたいと思い、パンを注文した。ところがパンが差し入れられたのに、奥歯が痛み始めた。頭に響くほど、ずきんずきんと痛みしびれた。それで結局食べることができなかったパンは、窓のところにやって来たスズメとカラスの餌になった。窓枠に残ったパン屑まで風に飛ばされていった後に、文子は気づいた。歯痛と感じたそのひどいものは、ただの錯覚だった。本当の痛みではなく、痛んだように感じたにすぎなかった。

二、三箸手をつけただけでご飯を戻して、また机の前に座った。高い窓越しに、月の光が黒い格子模様でちらついている。監獄の夜は墓、言葉通り死の場所だった。一抹の生気はあるが、鋼鉄のような意志と思想までもすっかり埋めてしまう、黒くて深い眠りの墓地。文子は眠りに入りたくなかった。

『賭け』の結末はどうなるのか？　机に載る手の動きが速くなった。

「自由も生活も健康も、そして、その他あなたが差し入れてくれた本の中で、地上の幸福と呼ばれているすべてのものを軽蔑します。英知を与えてくれた本を愛しながら軽蔑します。この地上のすべての幸福と英知を軽蔑します」

十五年の忍耐を一瞬で吹き飛ばす鋭い宣言が、文子の凍てついていた心臓を貫いた。文子は震える指でページをめくった。

「何もかもがかげろうのように空しくかりそめであり、偽りに満ちているのです。あなたたちは傲慢で賢明で美しいけれども、死はそのようなあなたたちを、床下のネズミと同じように地上から追い払ってしまうでしょう。そして、あなたたちの子孫と歴史、天才たちの不滅の業績は凍り付いてしまうか、地球とともに燃え尽きてしまうかなのです……」

いつの間にか溢れ出た涙で、文子の頬は濡れていた。この夜が過ぎ、朝がきたら身体は目覚める。四方が閉ざされた房であっても、爽快な朝の空気を吸おうと鼻をしきりにひくひくさせる。太陽とともに上ってくる希望で胸がどきどきする。しかし、昨日と同じ今日、今日と同じ明日では、何の意味がない。抵当に取られた生は、単なる死の猶予だ。

家族から冷たく見捨てられた。世間から石を投げつけられた。思想も理念も輝かしい光を失っていた。深い孤立感と身に沁みる孤独の中に、突然襲って来る激痛のような歌が見たかった。

笑うこといとまれなり又しても思い出さるるBの面影

我十九彼二十一ふたりとも同棲せしぞ早熟なりしかな
家を出て彼を迎えに夜更けたる街を行きたる事もありけり
余りにも高ぶりしかな同志にすら誤られたるニヒリストB
敵も味方も笑わば笑え愚かな我悦びて愛に殉ぜん

同志になり、ともに闘った。不可侵の聖域と呼ばれる虚像をぶち壊すため身を捧げた。彼を通して新しい思想を知り、そこに到達するため懸命に努力した。しかし、同じ方向を見つめることはできても、完全に一体になることはできなかった。彼が理想主義者であったとしたら、彼女は現実主義者だった。彼が夢想家であったとしたら、彼女は戦士だった。彼を闘わせたのが夢だったとしたら、彼女を闘わせたのは立ち向かって闘おうとする意志だった。そして、彼の夢は生に向かって伸びていき、彼女の意志は取り戻すことができない死に向かっていた。ただそれだけだった。

二十歳、生と苦しみと失敗。それを合わせて数えたら、プラスなのか、マイナスなのか？ イコール、あるいはゼロか？ しかし、その苦しみと失敗を越えた、ゼロのような生からも、自分が追求した何かを得たという気がする。少なくともその何かを得ようと、小さいにもかかわらず身を投げて、愛に没入した。より深く愛することを恐れなかった。傷でずたずたになった身体と心を包んでくれたたった一人の人、どんなことがあっても、どうしようとも彼を憎むことはできなかった。愛したのだった。だから許すことができる。許すまでもないのだ……。

既決囚となって少し経ってから、栃木支所の雰囲気は妙に変わっていった。親切な看守はどこかに転出した。彼の代わりに来た看守は非常に重大な任務を帯びたように、使命感に燃えていた。勿論、彼は操り人形にすぎない。彼は上司である前田支所長の命令に忠実で、その前田を背後で操る吉川刑務所長は、柔軟な秋山とは較べられないほど独善的な人間だった。また、その背後の背後には、一個人を徹底的に潰そうとする、巨大な国家権力の陰謀があるに違いない。

九百枚の原稿用紙、万年筆二本、二つのインク瓶、七十五銭相当の切手を持っていたが、一回の文通も許されなかった。朴烈との手紙のやり取りも止められた。千葉刑務所に送った数通の葉書に対しての返信がなかった。検閲でぐちゃぐちゃにされた手紙が、本人に渡されたか不明だった。私物箱にあった、アルティバーセフとダヌンチオとシュティルナーの本のところどころが切り取られていた。余白がなくなるまで書き綴った手帳は、すっかり黒く塗られていた。週一回ずつ教誨を受けさせるため引っ張られて行き、執拗に転向を迫られた。

「悔い改めよ！　高潔で神聖な恩赦を受けたのだから、当然悔い改めなければならないのだ！」

感謝できない恩赦を拒否するため、規則を無視して断食した。日ごとに執拗になる刑務当局の転向工作に立ち向かい、自害を試みたりして抵抗した。

「私は権力の前に膝を屈して生きて行くよりは、むしろ喜んで死んで、最後まで私自身の内面的要求に従うのだ！　それが気に入らないなら、どこにでも私を連れて行きなさい。私はけっして恐れない！」

しかし、抵抗の代償として返ってきたのは、きちきちの皮の手錠だった。腕を後ろ手に縛られたまま、暗い房に放り込まれ、虫けらのようにのたくるしかなかった。頭がむずがゆく触角が生えるような感じだった。足は畳を引っかいていた。地下数千尺の坑内に引き込まれていったまま、身体は急速度で崩れていった。人間でありながら人間でない。大切な自由意志は影も形もない。ここがまさに地獄の一番深い底だった。

涙を流そうとした。ただ一つ願うのは霊魂の不滅！　二百ルーブルの大金を捨て、自ら契約に違反して去った弁護士のように、地上の痕跡をすべてなくした姿を描いてみた。肉体という拘束から脱け出た霊魂が、仇に復讐する姿を想像した。本当の賭けの勝利はそうしたことであるはずだから。勝ち負けの争いとその償いまでも皆乗り越えること。最後の一点に立って真実を見つめよう、文子は闇の中で目を向いた。


手足まで不自由なりとも死ぬという只意志あらば死は自由なり

三カ月近い綱引きの末に、文子がようやくおとなしくなったという知らせを聞いた吉川刑務所長は、会心の笑みを浮かべた。今までの経験から判断して、元気に溢れ暴れ回った囚人も、二、三カ月ばかり孤立させ圧力を加えれば、従順になるものだ。その理由が諦念なのか、改悛なのかは関係ない。もう抵抗できないと諦める瞬間、さっと餌を投げ入れればいい。例え餌がついていない釣針であっても、へたばった者たちは慌てて飛びつくものだ。

今まで栃木支所に特設された重刑監房で特別監視を受けていた文子は、他の収容者とは違って労役に従事させせられていなかった。読書でなく、誰も興味を持たない作業に参加させるという意見も黙殺された。ところが、紐を編む作業に従事したい、と文子が自ら意志を表明した。一人で収監され無聊なので、仕事を与えられれば日々を過ごすのにいいということだった。

「それ見ろ！　あんな重大な犯罪人で恩赦まで拒絶し逆らっても、孤立無援の状態で何ができる？そのようにやんわりと進めて行くことだ。一度うまくいったら、二度三度も大丈夫だ！」

　吉川の許可は、前田を通じて看守に伝達された。看守はマニラ麻を一束持って文子の監房の扉を開ける。文子は嬉しそうに、爽やかな顔で看守を迎えた。

「前はあまり手際がよくありませんでした。切れないほど丈夫な紐を編む方法を教えてくれませんか？」

　文子は新しい仕事に完全に心を奪われたようだった。夏の陽光で暑くなった独房で、一日中微動もせず作業に没頭した。翌朝起床のサイレンが鳴って直ぐに看守が監獄を見回った時も、早く起きた文子は鉄格子の窓の下に静かに座って、熱心に麻糸で紐を編んでいた。鉄窓から入り込んだ、朝の日差しを受け、きちんと櫛を入れた、文子の髪が金粉をまいたようにきらめいている。蒼白な額にたちまちぷつぷつと汗が湧いたが、文子はぴくりともせず素早く手を動かしている。

「朝からすごい天気だ。今日もかなり蒸し暑くなりそうだ」

　看守はぶつぶつ独り言を言いながら、文子の扉の前を通り過ぎた。ところが、重刑監房を一回りして出ようとする瞬間、看守の胸を何とも説明できない不吉な予感がひやりとかすめた。じりじりと焼けつくような真夏の日差しの下、静物のように座っていた文子と彼女が手に持った真っ白い紐が眼前にちらついた。

「四十九号！　作業はうまくいっているか……？」

　慌てて重刑監房に入った看守は、文子の独房に急いで向かった。熱心に作業する姿を見てから、十分ばかりしか経っていない。どうしようもない短い時間だった。蒸し暑さによる過労のせいで、馬鹿な考えに振り回されているのかもしれない。滋養のあるものでも食べてみるか、と看守は思って、文子の独房を覗きこんだ。ところが、少し前に座っていたその場所に、文子の姿はない。

「四十九号！　金子文子！」

　狼狽して何度か試みた末にようやく錠を開け独房の中に入って行った看守は、そのままそこで凍り付いた。高い壁にある鉄窓の桟に、白い麻の細紐が結ばれている。そして、その紐の先には、洗濯して干した古い外套のように、文子の身体がゆらゆらと揺れていた。

　あたふたと首を絞めた紐を解き人工呼吸したが、もう遅かった。文子の霊魂は既に離れた後だった。真夏の陽光が、蝋人形のような彼女の身体をじりじりと焼いていた。しかし、短い生涯を熱情の坩堝で燃やした彼女は、それ以上の熱を感じてはいないにちがいない。薄汚い世の中の熱気を冷笑するように微笑み、最後の完全犯罪に成功した文子の身体は、早くも腐敗し始めた。

十九回目の夏が過ぎて

再び秋がきた。

東京から北に六百キロ離れた海岸にある秋田刑務所の鉄の門が、キーと悲鳴のような金属音をたてて開いた。やがてその開いた僅かな隙間から、一人の男が一歩一歩歩き出た。胸をしっかりと広げ、首を真っ直ぐに立てた姿勢は堂々としていたが、彼は十歩ぐらい歩いてから不意に立ち止まり、また十五、六歩ほど歩き、不意に立ち止まった。二十二年二カ月の間、塀の中の監獄で彼に許された空間がそれだけだったためだ。彼はそこに立ったまま首を左右に振った。心は鉄の門を突き抜け跳ね上げ、空へ飛び立つようだったが、身体はいつの間に拘束と遮断に慣れてしまったのだ。

しかし、慌てることはない。彼はその場に立ったまま、秋の午後の陽光をゆっくり味わう。深く息を吸って吐き、少し生臭い空気を吸った。そして、軽く咳をした。やはり外の空気にはなかなか慣れることができない。しかし、直ぐに慣れるはずだ。

「朴烈同志！　ようこそ！」

一人で味わう時間は少ししかなかった。刑務所の外で朝からいらいらして待っていた人たちが、彼を見つけて喜びの声をあげながら近づいて来た。

「お疲れさまでした。ここにどれくらいいらっしゃいますか？　ところであなたのお年はもう四十七ですが、裁判所で見た二十五歳のあなたと少しも変わりませんね。私は白髪の中年になってしまいましたがね。死刑宣告まで受けた人がこんなに強健でいられるものですか？」

「人間は生きることに執着すれば、予想外の病魔に悩まされ、その目的を達成できないものだ。反対に死にたいと口癖のように言う者は、死なないんだ。死ぬことにならないんだ。むしろ死の苦しみに直面すれば、死を覚悟するようになり、覚悟が決まれば、死ぬか生きるかを気にしなくなる。問題の核心は生きるか死ぬかの問題に透徹しながらも、それを超越することが……」

「その論理と能弁も相変わらずですね！　だから日本人が戦争に負け降伏文書に署名してから三カ月も経つのに、監禁して釈放しないでおくしかなかったんです。連合国軍総司令部がすべての政治思想犯を即刻釈放したにもかかわらず、やつらは一般の政治思想犯とは異なる大逆犯という理由で、唯一あなただけを今まで監禁していたんではないですか？」

「最新の情報は大体伝え聞いている。在日本朝鮮人連盟が随分と努力してくれた。私のために集会を開きデモを繰り広げ、連合国軍総司令部に釈放の嘆願書を出してくれたお蔭で、遅いながらもこのように自由な身になれたんだ。皆ありがとう」

「今あなたの役割がどんなに重要か、皆がよくわかっているからです。解放され、同胞たちが続々と帰国しています。新しい祖国を建設するために、あなたのような闘いの経験を持った人が本当に必要なんです。あなたは、世界監獄史上、単独犯罪で最長の収監生活を耐え抜いた、鋼鉄の闘士ではないですか？　あ、ここでこう言うのは焦りすぎですね。大館の駅前広場で、あなたの出獄を歓迎する集会が開かれることになっています。皆が太極旗を持って、朴烈同志が来るのを待っています」

朝日が昇る勢いで進撃していた日本帝国主義は、アジア・太平洋戦争の敗北で徹底的に壊滅した。現人神を詐称し民衆を眩惑した天皇制国家は、自らの傲慢と貪欲で灰の山となった。既に二十余年前、彼らは批判し抵抗し挑戦した。誰も異議を申し立てず打って出ない時、あえて勝負しようとはしない時、若いプロメテウスは自分の身体を禿鷹にかじられ食べられる覚悟で、全身をかまどにくべた。敗北を覚悟した自分を乗り越える闘いだった。時間が、歴史が終に彼らの勝利を証明した。

「どうぞ、急いでください。監獄であっても二十年を過ごした場所ですから、未練が残りますか？あの凶悪な怪物の記憶はきれいに消してください。あなたを自動車に乗せて街頭行進しようと、胸を膨らませた人たちが首を長くして待っていますよ」

興奮した同志たちが襟を引っ張ったが、朴烈は黙って周りをきょろきょろ見回した。何かを見つけようとしているかのように、彼の目は熱っぽい。

「ああ、あそこ、あそこにあるのを見て……、あそこが……いいか？」

朴烈が震える手で指し示したのは、刑務所の前に生えている一本の木だった。

「私が刑務所に入った日に、同志たちが苗木を植えたと聞いている。あれはもう一抱えの木に成長しているね」

木に向かって近づく彼の目は、いつの間にかぼんやりしてきた。彼は高さでも測るように木の前に立った。

「これを見て。こんなに見上げるほど高くなっている。これが生い茂り陰も深く……」

秋風がさっと吹き、この枝をゆすった。しかし、吹いてきた風にも木は毅然としている。季節が変わっても紅葉せず、冬将軍が来ても葉を落とさない常緑樹だった。まばゆい緑、それに心奪われうっとりしながら、どんなに長く歳月が流れても、忘れられない一人の人間の姿を目に浮かべた。

彼女が死んだという知らせを聞いたのは、事件が起きてから三日後だった。文子の死を知らせないという条件で面会を許可された布施辰治弁護士は、面会室の幕が降ろされる最後の瞬間、「文子が死んだ！」と一声吐き出した。手紙のやり取りが止められてからしばらく経っていた。刑務所の警戒が厳しくなり、面会が禁止されたのも怪しかった。しかし、文子の自殺は思いもよらないことだった。夢にも思わなかった。朴烈は強い衝撃を受けた。

自殺の理由については、色々推測された。同志たちは自殺ではない、他殺だと主張もした。文子が死んだ直後出た「怪文書事件」では、文子が朴烈の子を孕んだとの憶測まで流れた。共同墓地に埋められた死体を火葬し、朴烈の故郷の地に移された時もひと騒ぎがあったと聞いた。しかし、朴烈にはそのすべての非難が要らなかった。説明も分析も必要ない。文子が死んだ。彼女はもうこの世にいない。彼はただ悲しかった。食を断ち、一晩中身悶えしながら泣いた。肺結核の身体に断食と不眠は致命的だったが、彼には悲しむこと以外に愛する人の死を悼む術がなかった。

「ああ、文子、どうして、何で……？」

彼女は彼の手を振り切った。いや、彼女が差し出した手を彼はつかまなかった。彼はいつも死にたくて、彼女はいつも生きたかった。それなのに彼は生き残り、彼女は自ら死を選んだ。矛盾だ！矛盾だ！　耐えられない生と死の矛盾だ！

面会に来た栗原一男が、彼女の最後の手紙を読み聞かせてくれなかったら、朴烈は文子の選択を受け入れることはできなかったろう。彼女と離れたままで、生きて闘う自信を持てなかったろう。そして、夜が明けるごとに歯を食いしばって冷水摩擦しながら、天皇制が倒れる瞬間まで生き残ろう、と闘志を燃やすことができなかったろう。

「……もしもあなたが私を追憶してくれて、わびしい私の気持ちを満たしてくれようとおっしゃれるのなら、私の墓石の前に、すっきりと新芽を伸ばしている常磐の木の一枝を捧げてください。私は、咲いて萎んでしまう草花を一体に好みません。あまり華々しく咲き誇る花類を好みません。綺麗ではない、人目をひかない、だがいつも若々しく、青空に向かってすっきりと伸び上がってい る常磐木の新芽を、限りなく愛しています。その新芽が再び芽吹く日のことを私は信じています」

自殺の理由を明らかにすることは意味がない。人間は一つの理由のみで生きないように、一つの理由のみで死なない。しかし、文子の生を理解したとするなら、彼女の死も理解するほかない。革命、抵抗、闘争、自由意志、そして愛……。彼女の短い人生は、それらの熱いもので満たされていた。傷の灰の上で、永遠に燃え立つ木を夢見た彼女にとって、死は決して死ではなかった。

「ここで……木の前で写真を撮ってほしい。一枚撮ってください」

朴烈は一つの手で枝を指し、真っ直ぐに立った。遠い海から吹いて来た風が、また木の枝を激しく揺さぶった。色とりどりの落葉の代わりに、記憶の細片が散っていく。未熟な告白をした末に顔を赤らめた彼女、自分の道を探そうと宣言し、胸に深く沁み込ませ身体を細かく震わせた彼女、最後まで別れまいと誓った彼女の姿がぼうっと浮かび上がり消えていった。長いのに、刹那のように短く感じた二十年が流れたが、文子は二十歳の姿そのままだった。

カメラのフラシュが光った。彼は笑おうとして精一杯口を開けたが、悲しみで歪んだ顔を隠すことはできなかった。人びとが動かないでいる朴烈を促した。彼らに導かれ新しい世界に向かう彼は、最後に振り返った。日差しの下、あちこちが草色に染まっていた。そのまばゆい光の僅かな隙間で、永遠を夢見ていた彼らの激しい愛が、蜃気楼のようにちらついていた。青春が、その青春を貫いた熱愛が、だんだん遠のいていった。

作者のことば

アナキストであると同時にニヒリスト、テロリストでありながら詩人であり、一人の女を限りなく愛したが、結局喪わざるをえなかった男がいた。虐待された少女時代の心の傷のため、苦しみと絶望で身悶えした末、一人の男の中で命と愛が一つになることを発見したが、最も輝くその瞬間に、夜明けの露のように、地上から消えてしまった女がいた。

彼らと出会ったのは偶然だった。私の小説の関心の方向が古代から中世へ、中世から近代へと移るうちに、ふとそこに彼らがいたのだった。私は辺境で生まれ、辺境で生活していくことを願った時期に、歴史の辺境で灰に埋まったまま寂しくきらめく彼らに出会ったのだ。じっくり調べてみると、すべてのことが偶然であると同時に必然だった。必然であるほかない偶然だった。

朴烈（一九〇二〜一九七四年）と金子文子（一九〇三〜一九二六年）の愛と闘いは、若干の媒体を通して断片的に知られていた。しかし、アナキズムに対する大衆的理解が浅く、アナキズム運動家の研究もまだ十分でない状態で、彼らの人生は単に「朝鮮人独立運動家と彼の日本人妻」として定型化され、近代史の辺境に閉じこめられていた。朴烈と金子文子は、彼らが最も望んでいなかった形で後世に記憶されるかもしれない。

朴烈は単に「朝鮮人独立運動家」であるだけでなく、熱血漢である。金子文子の自由意志は、

「日本人妻」という名の下に決して隠すことはできない。一九二六年春、東京の大審院大法廷に響き渡った一喝は、民族と性別までもすべて越えた人間の絶叫だった。彼らは若く激しかった。アナキズムの象徴である黒色のように、世界のすべての不純な色を吸収し、清浄な新しい色に復活させようとした。彼らは不可能な夢を夢見た。失敗を恐れず、失敗に対して最後まで責任を負った。そのように美しく純粋な眩い愛の輝きにどうして惹かれないでいられようか。

大韓帝国——植民地朝鮮の「移植された近代」こそ、数多い色彩の宝石を抱いたまま埋められている粗い原石のようだ。どの時代、どんな状況でも日常はある。大雑把に抵抗としてまとめるほかない抵抗の中にも、差異は厳然としてある。それらをもう少し細分化して、生き生きとした時間と人間を復活させることが私の関心の範囲であり、本書はその至難な試みの一部分である。

キム・ビョラ

訳者のあとがき

金子文子をはじめとして植民地朝鮮の独立・革命運動に心を寄せていた日本人について調べる過程で、韓国文学の現状を紹介する記事（吉井森一「変容する韓国文学」『民主文学』二〇〇九年九月号）を読み、本書の存在を知った。早速、韓国併合百年の年に上梓した拙著『只、意志あらば――植民地朝鮮と連帯した日本人』（日本経済評論社、二〇一〇年）に、作者のことばの冒頭部分を引用した。全訳しようと決めたが、何度も中断し、ようやくゴールに到達できた。

本書の背景になるのは、日本では朴烈事件といわれている出来事である。一九二三年、関東大震災の発生から二日後、朴烈と妻の金子文子が保護検束され、その後、東京地裁に治安警察法違反、爆発物取締罰則違反容疑で起訴された。ついで、皇太子などの暗殺を謀ったとして大逆罪をでっち上げられ、一九二六年二月から大審院で公判が開かれた。二人は大逆罪を認めるかわりに、法廷で朝鮮を植民地化した天皇制政府の不当と不正を糾弾しようとした。死刑判決が出たものの、無期懲役に減刑される。朴烈は敗戦の年まで約二十年下獄するが、減刑を受け入れなかった文子は、一九二六年七月三十一日、宇都宮刑務所栃木支所で縊死したとされている。

この二人の愛を本書で描いたキム・ビョラは、一九六九年生まれ、小説『閉ざされた門の外に吹く風の音』でデビューしている。自身の体験に基づく作品をしばらく書いた後、歴史小説を手がけるようになり、二〇〇五年には、『ミシル――新羅後宮物語』（早川書房、二〇〇七年）で第一回世界文学賞を受賞した。その他、未邦訳だが、豊臣秀吉の朝鮮侵略の際、日本軍の武将を道連れに川に飛び込んだ妓生論介を取り上げた『論介』、民族主義者の政治家で一九四九年に暗殺された金九を取り上げた『白凡』などがある。本書の執筆にあたり、作者は金子文子の自伝『何が私をこうさせたか』などの文献を徹底して読み込み、史実と史実の間の空白部分は想像力を駆使し、細やかな筆致で見事に埋めている。特に、文子の内面描写は秀逸で、彼女の苦しみや哀しみなどの諸々が、心の奥深くに沁みこむように伝わってくる。

本書中の文子の言葉、「私は死んでも、日本で安住の地を得る見込みはありません。私は朝鮮に骨を埋めたい。あなたの故郷に、あなたを生み育てた土地に……」にあるように、文子の遺骨は父や母が引き取ることにならず、朴烈の生地聞慶に埋葬された。韓国併合条約が公布されて百年後の二〇一〇年八月二十九日に、ソウルの成均館大学で開かれた日韓市民共同宣言大会に出席した後、バスで聞慶に向かった。叢林をバックにきれいに手入れされた緑の斜面に「金子文子女史之墓」と刻まれた墓標と朝鮮式の土饅頭の墓が並んであった。私は花を手向け、手を合わせた。そして、前掲拙著を「本当に惜しい、二十二歳六か月の若き死であった」と結び、文子の夭折を悼んだ。

訳出にあたって、ご援助くださった南貞子（ナムチョンジャ）氏に心から感謝致します。

また、本書の出版にご骨折りくださった、同時代社の川上隆社長と栗原哲也氏に厚くお礼申し上げます。

後藤　守彦

主要参考文献

金子文子『何が私をこうさせたか』春秋社、二〇〇五年
山田昭次『金子文子―自己・天皇制国家・朝鮮人』影書房、一九九六年
朴烈『新朝鮮革命論』中外出版、一九四九年
ピョートル・クロポトキン　高杉一郎／訳『ある革命家の手記』岩波文庫、一九七九年

김삼웅『박열 평전』가람기획、一九九六年
황용건『잃어버린 역사를 찾아서』한빛、二〇〇二年
김명섭『한국 아나키스트들의 독립운동』이학사、二〇〇八年
오장환『한국 아나키즘운동사 연구』국학자료원、一九九八年
김은석『개인주의적 아나키즘』우물이 있는 집、二〇〇四年

【著者紹介】

キム・ビョラ

1969年生まれ。延世大学国語国文科卒業。1993年、中編小説『閉ざされた門の外に吹く風の音』でデビュー。2005年、長編小説『ミシル―新羅後宮物語』（早川書房、2007年）で第1回世界文学賞受賞。

【訳者紹介】

後藤守彦（ごとう・もりひこ）

1945年生まれ。東北大学文学部卒業。日本民主主義文学会会員。著書に『特攻隊と北海道』（溶明社、1994年）、『只、意志あらば―植民地朝鮮と連帯した日本人』（日本経済評論社、2010年）がある。

常磐の木　金子文子と朴烈の愛

2018年4月10日　　初版第1刷発行

著　者　　キム・ビョラ
訳　者　　後藤守彦
発行者　　川上　隆
発行所　　同時代社
〒101-0065　東京都千代田区西神田2-7-6
電話 03(3261)3149　FAX 03(3261)3237
組　版　　有限会社閏月社
印　刷　　中央精版印刷株式会社

ISBN978-4-88683-833-9